저니맨 김태식 2

설경구 장편 소설

초판 1쇄 찍은 날 § 2017년 8월 17일
초판 1쇄 펴낸 날 § 2014년 8월 24일

지은이 § 설경구
펴낸이 § 서경석

총괄팀장 § 최하나
편집책임 § 이선근

펴낸곳 § 도서출판 청어람
등록번호 § 제387-1999-000006호
등록일자 § 1999. 5. 31
어람번호 § 제1-2748호

주소 § 경기도 부천시 부일로 483번길 40 서경B/D 3F (우) 14640
전화 § 032-656-4452 팩스 § 032-656-4453
http://www.chungeoram.com
E-mail § chungeorambook@daum.net

ISBN 979-11-316-91423-2 04810
ISBN 979-11-316-91421-8 (세트)

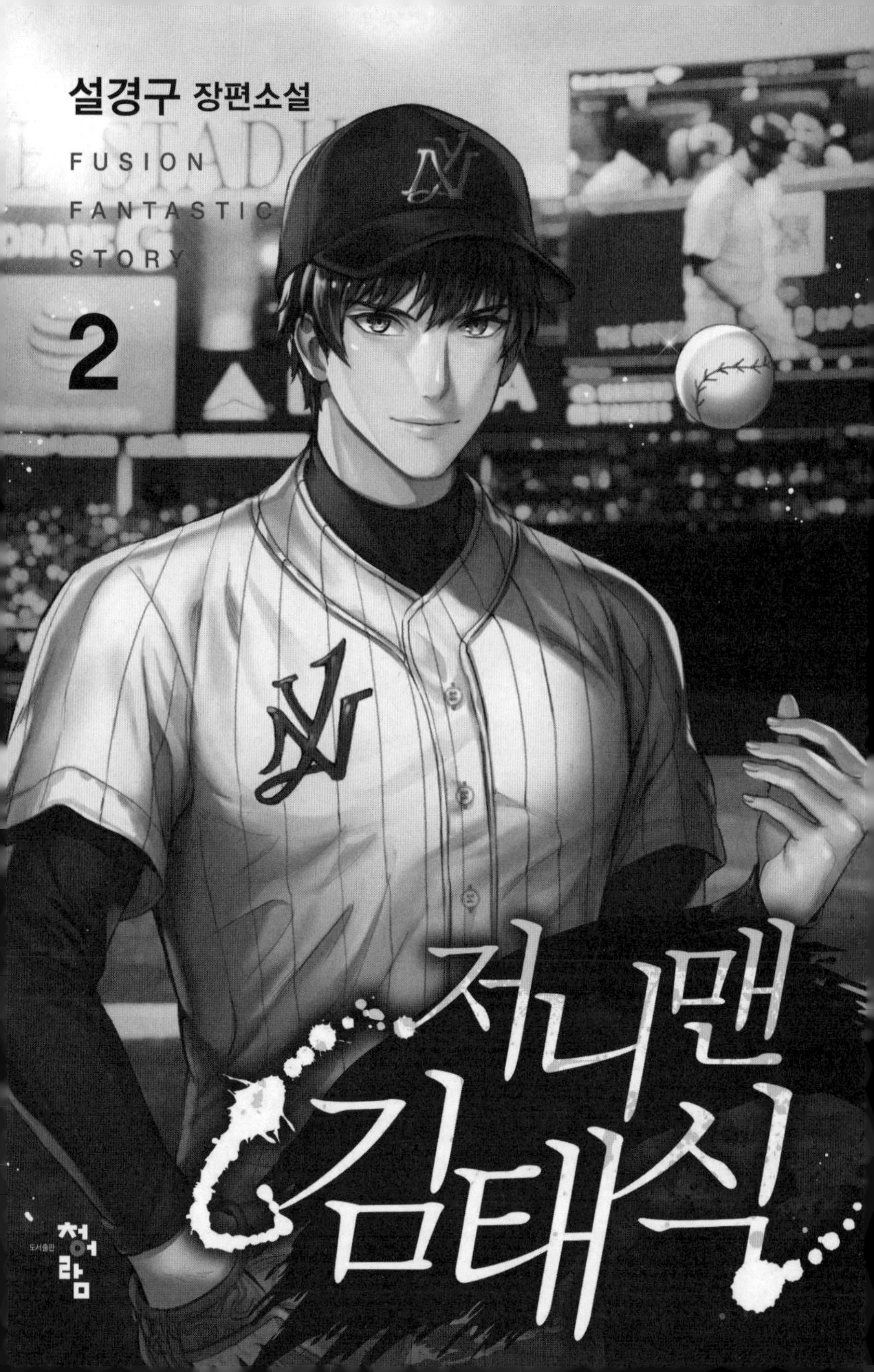
설경구 장편소설
FUSION
FANTASTIC
STORY
2
저니맨
김태식
도서출판 청어람

저니맨
김태식

Contents

1. 난세에 등장한 영웅

1군 승격 후 사흘만의 경기 출전!

머잖아 출전 기회가 찾아올 거라고 예상은 했다. 그렇지만 태식이 예상했던 것보다 조금 더 빨랐다.

올 시즌 1군 경기 첫 출전!

태식의 1군 복귀 무대는 무척 그럴듯하게 마련되어 있었다.

한 점 뒤진 채 맞이한 9회 말 2사 1루 상황.

마경 스왈로우스는 5연패에 빠져 있는 상황.

만약 대타자로 나서 끝내기 홈런을 기록한다면 팀의 연패를 끊어내는 영웅이 될 수도 있었다.

"흥분하지 말자!"

오랜만의 1군 경기 출전이라 흥분되는 것은 어쩔 수 없었다. 그렇지만 태식은 그 흥분을 누르기 위해 애썼다.

타석을 향해 걸어가던 태식이 고개를 들어 관중석을 살폈다.

마경 스왈로우스의 홈구장임에도 불구하고, 환호성은 없었다.

환호도 야유도 보내지 않은 채, 대타로 나서는 태식에게 쏟아지는 시선에 담긴 것은 의아함이었다.

"김태식?"

"누구야? 알아?"

"와, 이건 너무 심한 거 아니냐? 이런 중요한 상황에서 저런 듣보잡을 대타로 쓸 정도로 팀에 선수가 없냐?"

관중석에서 흘러나오는 이야기들이 귀에 들린 순간, 태식은 쓰게 웃었다.

'듣보잡'이란 표현으로 인해 기분이 상한 것은 아니었다.

어쩌면 당연한 반응!

홈 팬들은 물론이고 스카우터들을 비롯한 야구 관계자들도 기억하지 못할 정도로 태식은 철저하게 잊힌 존재였다.

태식이 지금 해야 할 일은 그들의 기억 속에 자신의 이름을 다시 각인시키는 것이었다.

마침내 타석에 들어선 태식의 시선이 오늘 경기를 중계하고 있는 중계 카메라에 잠시 머물렀다.

"보고 계실까?"

지난번에 병원에 찾아갔을 때, 곧 TV로 중계하는 경기에 출전하겠다고 아버지께 약속했다.

태식은 그 약속을 지켰다.

아버지와 어머니가 TV를 통해서 자신의 모습을 보고 계신 모습을 상상하던 태식이 주먹으로 헬멧을 쿵 두드렸다.

"집중하자!"

이제는 잡념을 털어내고, 오롯이 투수와의 승부에 집중해야 할 시간이었다.

태식이 마운드에 서 있는 임창모를 노려보았다.

어쩌면 오늘 경기에 출전할 수도 있다고 예상했기에, 임창모에 대해서는 이미 분석을 마친 상태였다.

'교연 피콕스의 마무리 투수 임창모. 직구 최고 구속은 153㎞이고, 직구와 커터를 주로 던지는 투 피치 유형!'

마무리 투수인 것을 감안하면 임창모의 구종은 무척 단조로운 편이었다. 그럼에도 불구하고 임창모가 리그 최고의 마무리 투수 중 한 명으로 군림할 수 있었던 이유는 직구의 구속이 워낙 좋고 공에 힘이 있었기 때문이다.

칠 테면 쳐보라는 듯이 한복판으로 던지는 직구의 구속과 위력에 타자들은 압도당하기 일쑤였다.

또 간간이 던지는 커터도 위력이 뛰어나 헛스윙을 손쉽게 유도했고. 게다가 제구도 좋은 편이라 공략이 쉽지 않았다.

슈아악! 퍽!

마침내 들어온 초구는 명불허전이었다.

대포알처럼 빠르게 스트라이크존을 통과하는 직구의 위력은 태식이 짐작했던 것 이상이었다.

151㎞!

전광판에 찍힌 구속을 확인한 태식이 이를 악물었다.

'해볼 만해!'

피칭머신을 상대로 했던 타격 연습!

직구에 밀리지 않기 위해서 손바닥이 찢어지고 갈라져 피범벅이 되고 나서도 계속 배트를 휘둘렀다.

그 덕분에 150㎞의 직구에도 타이밍이 밀리지 않을 자신이 있었다.

'정보가 없어. 그러니까 유리한 건 나야!'

태식은 올 시즌 1군 경기 출전이 처음이었다.

당연히 자신에 대한 분석이 이뤄졌을 리 만무했다.

반면 태식은 임창모에 대한 분석을 이미 마친 상태였다.

그러니 유리한 쪽은 분명 자신이었다.

슈아악!

2구가 들어온 순간, 태식이 이를 악물고 스윙을 했다.

딱!

완벽한 타이밍에 걸렸다고 생각했는데, 타격음이 둔탁했다. 그리고 타구의 궤적을 눈으로 살피던 태식의 표정이 굳어졌다.

'넘어가라! 넘어가라!'

타구는 좌익수 방면 관중석 쪽으로 향하는 파울이었다.

열심히 타구를 쫓아가고 있는 좌익수를 지켜보면서 태식이 간절히 관중석으로 타구가 넘어가길 빌었다.

다행히 타구는 관중석에 떨어졌고, 아쉬운 표정을 감추지 못하는 좌익수를 바라보던 태식이 고개를 갸웃했다.

'왜 밀렸지?'

타이밍이 완벽했다고 생각했는데, 타구가 좌익수 방면 관중석에 떨어지는 파울이 됐다는 것은 배트가 밀렸다는 뜻이었다.

151km.

전광판에 찍힌 임창모의 구속은 초구와 같았다.

그런데 대체 왜 밀렸을까?

'피칭머신과 다르다?'

퍼뜩 그 생각이 스치고 지나간 순간, 태식의 눈앞이 하얘졌다.

피칭머신을 상대로 피땀을 흘려가면서 타격 연습을 했는데 실전에서 통하지 않는다면, 그동안의 노력이 전부 헛수고가 되기 때문이었다.

'아냐! 다를 리 없어!'

태식이 이내 고개를 흔들었다. 지금 간신히 마음을 다잡을 수 있었던 것은 양현일과의 승부 덕분이었다.

리그 정상급 투수 중 한 명인 양현일의 직구를 상대로 태식은 전혀 밀리지 않고 두 개의 장타를 만들어냈다.

그것이 피칭머신을 상대로 했던 피나는 타격 연습이 분명히 실전에서도 효과가 있다는 증거였다.

'그런데… 왜 밀렸던 거지?'

고민을 거듭하던 태식은 이내 답을 찾아냈다.

긴장, 그리고 욕심!

오랜만에 1군 경기에 나선 것으로 인해 긴장한 상태였고, 끝내기 홈런을 기록하며 영웅이 되고 싶다는 욕심도 컸다.

그래서 자신도 모르는 사이에 몸에 힘이 들어가며 스윙이 커졌던 탓에 배트가 밀렸던 것이다.

'이유는 알아냈어!'

태식이 희미한 미소를 머금었다.

경험이 쌓이지 않은 신인이었다면, 끝내 배트 스피드가 구속을 따라가지 못한 이유를 알아내지 못했으리라.

그래서 타석에서 속절없이 당했을 터였다.

그렇지만 지금은 달랐다.

태식에게는 어느 누구도 모르는 두 가지 무기가 있었다.

하나는 17년 전으로 돌아간 신체 나이, 그리고 또 하나는 그동안 선수 생활을 하면서 쌓인 경험이었다.

'여유가 생겼어!'

태식의 입가에 떠올랐던 미소가 짙어졌다.

경험이 쌓인 덕분에, 타석에서 여유가 생겼다. 그 덕분에 생각하면서 야구를 하는 것이 가능해졌다.

'승부… 한다!'

노 볼 투 스트라이크.

투수에게 압도적으로 유리한 볼카운트였다.

분명히 유인구를 던질 타이밍이었지만, 태식은 임창모가 승부를 할 것이라 판단했다.

자신감이 깃든 임창모의 눈빛.

게다가 아까 직구의 구속을 따라가지 못한 태식의 배트가 밀린 것이 직구 승부에 대한 욕심이 나게 만들었을 터였다.

슈아악!

힘차게 와인드업을 마친 임창모가 특유의 역동적인 투구 폼으로 공을 뿌렸다.

'하나, 둘, 셋!'

피칭머신을 상대할 때처럼 마음속으로 타이밍을 맞추던 태식이 몸에서 힘을 뺀 채 가볍게 스윙했다.

따악!

예상대로 몸 쪽 높은 코스로 들어온 직구가 배트 중앙에 걸렸다.

손바닥에 전해지는 묵직한 울림.

찌르르!

손바닥에서 시작된 울림이 이내 몸 전체로 번지며 짜릿한 희열이 일어났다.

맞는 순간 홈런임을 직감할 수 있는 타구.

1루 베이스를 향해 천천히 뛰어가던 태식이 눈으로 타구의 궤적을 좇았다.

쭉쭉 뻗어나간 타구가 백스크린 상단을 때리는 것을 확인한 태식이 두 팔을 허공으로 들어 올린 채 주먹을 움켜쥐었다.

'해냈다!'

"아아악!"

오랜만에 1군 무대에 복귀한 후 첫 타석에서 팀의 5연패를 끊어내는 끝내기 홈런을 날린 태식이 고함을 질렀다.

지긋지긋하게 따라붙던 부상의 악령.

이제 김태식은 끝났다는 비아냥.

여러 차례 팀을 옮겨 다니며 겪었던 무시와 설움까지.

힘들고 서러웠던 지난 시간들이 이 홈런 한 방으로 모두 씻겨 나가는 느낌이었다.

야구가 싫었는데.

은퇴를 결심했을 정도로 야구가 꼴도 보기 싫었는데.

기적이 일어났다.

그리고.

다시 야구가 재밌어졌다.

*   *   *

"얘, 누구야?"

기사를 송고했던 송나영이 기사 옆에 박혀 있는 사진을 빤히 바라보는 데스크 캡 유인수에게 대답했다.

"마경 스왈로우스의 연패를 끊은 영웅! 김태식이요."

"김태식? 걔 아직도 현역으로 뛰어?"

"그러니까 끝내기 홈런을 쳤죠."

"이야. 한동안 안 보이길래 난 진즉에 은퇴한 줄 알았는데 아직도 현역으로 뛴단 말이지? 약했나?"

"네?"

"너도 봐. 얼굴이 너무 좋잖아."

사진 속 앳된 기색이 남아 있는 김태식의 얼굴을 부러운 표정으로 바라보고 있는 유인수에게 송나영이 말했다.

"얼굴만 잘생긴 게 아니랍니다."

"응?"

"몸이 아주……."

"아주 뭐?"

떡 벌어진 어깨와 근육질로 뭉친 등, 그리고 조금도 처지지 않은 탄탄하고 양손에 꽉 잡힐 것 같은 작은 엉덩이까지.

김태식의 몸을 떠올리던 송나영이 헤벌쭉 웃으며 대답했다.

"죽여줘요. 누구완 다르게."

"누구? 왜 날 봐?"

"왜요? 찔리세요?"

"내가 뭘?"

"캡도 운동 좀 하셔야겠어요."

"아, 귀찮아!"

볼록 나온 배를 쓰다듬던 유인수가 손사래를 치며 운동을 거부했다.

"그런데… 너무 과한 거 아니야?"

"뭐가요?"

"1면에 싣기에는 너무 약한 것 아니냐고? 우송 선더스가 4연승을 기록하면서 리그 선두를 탈환했다는 기사가 1면으로 낫지 않아?"

"에이, 뭘 모르시는 말씀."

"내가 뭘 몰라?"

"충분히 세요."

"뭐가? 몇 물 간 퇴물 선수인 김태식이 어쩌다가 홈런 한 방 날린 게 그렇게 센 기사라고 생각해?"

"난세에 등장한 영웅이잖아요."

"난세에 등장한 영웅?"

"기가 막히죠?"

송나영이 자신 있게 말했지만, 유인수는 못마땅한 표정으로 고개를 흔들었다.

"표현 꼬라지 봐라. 너 요새 또 게임하냐?"

"게임 끊었습니다. 그리고 난세에 등장한 영웅이라는 표현이 어때서요? 딱 어울리는 표현이잖아요."

"됐다. 더 말을 말자. 1면은 우송 선더스로 바꾼다?"

"절대 안 됩니다. 무조건 김태식 선수 기사가 1면입니다."

송나영이 물러나지 않고 필사적으로 버텼다.

그녀의 고집을 잘 알고 있는 유인수가 답답한 표정으로 물었다.

"대체 왜 이렇게 고집을 부리는 거야?"

"다 이유가 있다니까요."

"어떤 이유? 잘생겨서? 몸이 죽여줘서?"

"뭐, 그런 이유도 아주 없진 않지만……."

"야!"

유인수가 버럭 소리를 질렀다.

순간 데스크 안 모든 직원들의 시선이 일제히 자신에게 쏠렸지만, 송나영은 당황하지 않고 덧붙였다.

"일단 스토리가 있잖아요."

"스토리?"

"저니맨, 무슨 뜻인지 아시죠?"

"야, 내가 그것도 모르고 여기 앉아 있을 것 같아?"

"혹시나 해서요."

"이게 진짜 확!"

"에이, 흥분 좀 가라앉히시고요. KBO 리그를 대표하는 저니맨 김태식 선수, 은퇴 일보 직전의 순간에 기적적으로 돌아와서 화려한 재기의 신호탄을 쏘아 올리다. 어때요? 스토리 죽이죠?"

송나영이 어깨를 으쓱하며 말했다. 그렇지만 유인수는 여전히 탐탁잖은 표정을 유지하고 있었다.

"이게 끝이면?"

"네?"

"재기의 신호탄만 쏘아 올리고 나서 다시 잠수 타면?"

"잠수 안 탑니다."

"그걸 네가 어떻게 알아?"

"이거 보시죠."

유인수가 이런 질문을 던질 것을 미리 예상한 송나영이었다. 그래서 미리 준비를 해둔 상황이었다.

"사이클링 히트?"

퓨처스 리그 경기에 출전했던 김태식 선수가 사이클링 히트라는 기록을 달성했다는 소식을 전한 단신.

만약 1군 경기였다면 헤드라인이 됐겠지만, 팬들의 관심이 적은 퓨처스 리그에서 나온 기록이라 짤막한 단신으로 소개가 됐을 뿐이었다.

"끝내기 홈런을 날리기 전에 마지막으로 출전했던 퓨처스 리그 경기에서 사이클링 히트를 기록했답니다. 우리 김태식 선수가."

"우리 김태식 선수? 언제부터 우리 김태식 선수가 됐어. 그건 그렇고. 그래서?"

"에에, 그래서라뇨?"

"퓨처스 경기라면서. 형편없는 투수가 등판한 데다가 마침 그날 어쩌다가 공이 잘 맞았겠지."

"그게 아니라니까요. 그날 우리 김태식 선수가 상대한 투수가 누군지 알게 되면 깜짝 놀라실 걸요."

"누군데?"

"양현일요."

"양현일? 내가 아는 그 양현일?"

"네, 바로 그 양현일이요."

"동명이인 아니고?"

"그렇다니까요."

"이야. 양현일도 한물갔네."

"캡!"

송나영이 빽 소리를 지른 순간, 유인수가 미간을 찌푸렸다.

"야, 소리 좀 지르지 마. 내가 네 상사거든. 어쨌든 재미는 있겠네. 그래도 잠수 타면? 그땐 네가 책임질 거야?"

유인수의 두 눈에 호기심이 어린 것을 확인한 송나영이 힘주어 대답했다.

"네, 제가 책임지겠습니다."

"어떻게 책임질 건데?"

"제가 쫓아다니면서 잠수 못 타게 하겠습니다."

"참… 좋은 방법이다."

"저 한 번만 믿어주세요. 촉 좋은 송 기자! 이번에도 접신했습니다. 김태식 선수 보는 순간, 촉이 딱 왔거든요."

"무슨 촉이 왔는데?"

못 미더운 시선을 던지는 유인수에게 송나영이 대답했다.

"김태식 선수가 태풍이 될 것 같은 예감! 어쩌면 KBO 리그의 판도를 바꿔놓을 수 있는 태풍이 될지도 몰라요."

우와!

우와아!

승리를 확정 짓는 끝내기 홈런을 터뜨린 순간, 더그아웃을 가장 먼저 박차고 나온 것은 용덕수였다.

용덕수는 어린아이처럼 펄쩍펄쩍 뛰면서 물병을 들고 달려 나와 태식에게 물세례를 퍼부었다.

팀원들은 머리에 쓴 헬멧을 두드리면서 엄지를 들어 올렸고, 강상문 감독은 악수를 먼저 청했다.

그 모든 순간들이 좋았다.

그렇지만 태식이 가장 기쁘고 반가웠던 것은 어머니에게서 걸려온 전화였다.

"네, 어머니."

─아들, 맞지?

"설마 아들도 못 알아보시는 거세요?"

─그게 아니라…….

모자간의 대화는 오래 이어지지 못했다.

어머니의 말이 희미한 울음소리와 함께 멈추었기 때문이다. 그렇지만 태식은 어머니가 조금 전에 하려고 했던 말이 무엇인지 짐작할 수 있었다.

—너무 고맙다. 그리고 잘했다!

울음을 참느라 이 말을 삼킨 것이었다.

"왜 울고 그러세요?"

—미안. 너무 기쁘고 좋아서.

"아버지는 좀 어떠세요?"

—컨디션이 아주 좋으셔.

"그래요?"

—평소에는 식사를 몇 수저 뜨지도 않더니, 오늘은 한 그릇 다 비우셨어. 그리고 병실 사람들하고 간호사들에게 아들 자랑하느라 힘든지도 모르나 봐.

"다행이네요."

태식이 희미하게 웃었다.

직접 보지 않아도 병실에 있는 아버지의 모습이 상상이 됐다.

태식이 출전한 야구 경기를 보면서 소리를 지르다가, 같은 병실의 사람들과 간호사들에게 아들 자랑을 하느라 여념이 없었을 터였다.

'음료수라도 돌리지 않으셨을까?'

평소 아버지의 성격에 대해 알고 있는 태식이 빙긋 웃으며 말을 더했다.

"이제 아무 걱정 마세요."

―야구, 포기하지 않고 계속해 줘서 고마워.

"네."

―그리고…….

"말씀하세요."

―약속 지킬 거지?

"어떤 약속이요?"

―인터뷰 때 했던 약속.

경기를 마치고 수훈 선수로 뽑혀 인터뷰를 했다.

'그때 무슨 약속을 했더라?'

긴장과 흥분이 남아 있는 상태로 인터뷰에 응했기에 바로 기억이 나지 않았다. 그래서 기억을 한참 더듬던 태식은 이내 인터뷰 도중에 했던 약속을 떠올리는 데 성공했다.

선수 생활을 하는 동안 이 팀, 저 팀으로 여러 차례 옮겨 다녔는데 힘들지 않았냐? 만약 다시 팀을 옮기는 일이 생기더라도 계속 야구를 할 것이냐?

인터뷰 중에 태식에게 던져졌던 질문이었다. 그리고 태식은 그 질문을 받고 이렇게 대답했다.

"물론 다시 팀을 옮기게 될 수도 있습니다. 그렇지만 야구를 그만두거나 포기할 생각은 없습니다. 저는 야구를 좋아하니까요."

여운이 채 가시지 않은 상태로 임했던 인터뷰.

그렇지만 모두 진심이었다.

태식은 야구를 좋아했고, 그렇기에 도중에 그만두거나 포기할 생각은 없었다.

"네, 지킬게요."

그렇게 어머니와의 반가운 통화를 마쳤다.

시간이 좀 흘러서일까?

서서히 흥분이 가라앉기 시작하자, 비로소 현실감각이 돌아왔다.

1군 무대로 승격한 후 첫 단추를 기가 막히게 꿰긴 했지만, 말 그대로 첫 단추일 뿐이었다.

지금부터가 진짜 시작이었다.

"운이 참 좋으시네요."

"……"

"운이 참 좋으시다고요. 선. 배. 님!"

비아냥이 섞여 있는 장영기의 말을 듣는 순간, 태식이 쓰게 웃었다.

카메라를 의식했기 때문일까.

태식이 끝내기 홈런을 때렸을 때, 마경 스왈로우스의 모든 선수들이 더그아웃에서 뛰쳐나왔다.

그렇지만 진심으로 축하해 준 것은 용덕수뿐이었다.

우르르 몰려나와 자신의 주변을 둘러싸고 있었지만, 그들의 표정에서는 내키지 않는 기색이 역력했다.

아직은 자신을 인정하지 않는다는 증거!

"고맙다."

"이렇게 좋은 날 축하주 한잔하셔야죠? 또 언제 이런 날이 올 줄 모르는데. 아니다, 영원히 안 올 수도 있겠구나."

계속 이죽거리고 있는 장영기를 노려보며 태식이 입을 뗐다.

"네 단점이 뭔지 알려줄까?"

"네?"

"다른 사람 말에 귀를 기울이지 않는다는 거야. 내가 전에 술 끊었다고 분명히 말했는데 기억을 못 하는가 보지?"

"……."

"그리고 내친 김에 충고 하나 할까? 프로야구 선수는 몸이 재산이야. 경기에서 졌다는 이유로 술을 마시고, 경기에서 이겼다는 이유로 또 술을 마시고, 기분이 좋아서 술 마시고, 기분이 더러우면 더럽다고 술 마시고. 그러다 몸 망가지는 거 금방이다. 언제까지나 젊을 것 같아?"

태식이 진심을 담아 건넨 충고.

그러나 충고는 상대방이 들을 준비가 되어 있을 때만 비로

소 효과를 발휘하는 법이었다.

장영기는 충고를 들을 준비가 돼 있지 않았기에 태식이 건 넨 충고를 한 귀로 듣고 한 귀로 흘렸다.

"제가 알아서 합니다. 선. 배. 님!"

기분이 상한 듯 잔뜩 인상을 구긴 채로 장영기가 방을 나 가 버렸다.

그런 그의 뒷모습을 바라보던 태식이 작게 혼잣말을 꺼냈 다.

"나중에 후회해 봐야… 늦어."

*　　　　　*　　　　　*

"삼, 이, 그리고… 육!"

김태식의 말이 끝나자, 주사위 세 개를 손에 감추고 있던 용덕수가 화답했다.

"자, 바로 확인 들어갑니다."

세 개의 주사위를 감추고 있던 주먹을 펼친 용덕수의 눈이 휘둥그레졌다.

'어떻게 맞췄지?'

손바닥 위에 올려져 있는 주사위 세 개의 윗면의 점의 개수 가 셋, 둘, 그리고 여섯인 것을 확인한 용덕수가 고개를 갸웃했다.

"때려 맞추신 겁니까?"

"봤다."

"세 개 다요?"

"그래."

용덕수가 혀를 내둘렀다.

주사위 세 개를 던져서 주사위 면의 점의 개수를 알아맞히는 식으로 진행하는 눈 훈련 방식은 진전이 빠르지 않았다.

무척 지루하기도 했고.

그럼에도 불구하고 김태식은 눈 훈련을 하루도 빠뜨리지 않았다.

그 덕분일까?

서서히 성과가 나타나고 있었다. 그리고 용덕수가 혀를 내두른 또 다른 이유는 김태식의 철저한 자기 관리 때문이었다.

김태식은 1군 승격 후 첫 번째 타석에서 팀의 5연패를 끊어내는 끝내기 투런 홈런을 터뜨렸다.

흥분되고 들떠야 하는 것이 당연한 반응.

'만약 나였다면?'

만약 자신이 끝내기 홈런을 날렸으면 기쁜 감정을 추스르지 못해 훈련을 거르고 맥주라도 한잔 마셨을 터였다.

그러나 김태식은 달랐다.

예전에 무척 즐겼던 술을 일절 입에 대지 않는 것은 물론이고, 남은 개인 훈련도 거르지 않았다.

"덕수야, 훈련은 이쯤 하고 얘기 좀 하자."

"네? 네."

"뛰고 싶지?"

"뭐, 그렇죠."

용덕수가 속내를 감추지 않고 고개를 끄덕였다.

교연 피콕스와의 경기에 출전해 끝내기 홈런을 터뜨린 김태식을 보며 진심으로 기쁜 한편, 부러운 마음이 드는 것은 어쩔 수가 없었다.

자신 역시 김태식처럼 어서 빨리 1군 경기에 나서고 싶었다.

"오늘 경기에 나가게 될 거야."

"네? 그걸 형이 어떻게 아세요?"

선발 라인업을 짜고 경기에 출전할 선수를 결정하는 것은 감독의 몫.

김태식은 감독이 아니라 일개 선수일 뿐이었다. 그것도 1군에 승격된 지 며칠 흐르지도 않은 선수였다.

그런데 자신이 오늘 경기에 출전하게 될 것을 어떻게 알 수 있단 말인가?

해서 용덕수가 의아한 시선을 던지고 있을 때였다.

"이번 3연전 상대가 심원 패롯스니까."

"상대가 심원 패롯스인 것과 제 경기 출전이 무슨 상관이 있습니까?"

"상관이 있어."

"……?"

"그것도 무척!"

김태식은 확신에 찬 목소리로 대답했다. 그러나 용덕수는 여전히 제대로 이해가 가지 않았다.

해서 의아한 시선을 던질 때, 김태식이 덧붙였다.

"강상문 감독은 우릴 심원 패롯스로 보내고 싶어 하거든."

*   *   *

리그 9위.

심원 패롯스 팀의 현재 순위였다.

올 시즌이 시작되기 전만 해도 전문가들의 시즌 예측에서 우승을 노릴 수 있는 다크호스로 손꼽히던 심원 패롯스였다.

6선발 체제를 운영해도 될 정도로 수준급 선발투수가 풍부하다는 마운드의 강점이 높은 점수를 받았기 때문이다.

그렇지만 시즌이 중반으로 접어든 현재, 심원 패롯스는 우승 다툼이 아니라 한성 비글스와 탈꼴찌 싸움을 치열하게 벌이고 있었다.

심원 패롯스가 전문가들의 예측과 달리 하위권으로 처져 있는 이유는 예상치 못했던 부상과 부진이었다.

특히 믿었던 두 선수의 부진이 뼈아팠다.

우선 리그 최고의 공격형 포수로 손꼽히는 강만호가 시즌 초에 홈으로 쇄도하던 주자와 부딪히며 뇌진탕을 일으킨 것이 불운의 시작이었다.

백업 포수인 최철우가 강만호를 대신해 포수 마스크를 쓰고 있었지만, 공격은 물론이고 수비에서도 역량 부족을 드러냈다.

흔히 안방마님이라 불리는 포수의 중요성은 몇 번을 강조해도 부족했다.

포수에게 요구되는 덕목 가운데 가장 중요한 것은 안정감!

안방마님이 중심을 잡지 못하고 흔들리기 시작하자, 심원 패롯스는 이내 총체적인 난국에 빠졌다.

강점으로 손꼽히던 내야 수비가 불안해지면서 실책을 쏟아냈고, 공격 시에도 최철우가 부진한 모습을 보이며 공격의 흐름이 뚝뚝 끊겼다.

또 하나의 불운은 3루수 김대희의 예상치 못한 슬럼프였다.

타율 0.324, 홈런 23개, 도루 21개, 94타점.

김대희가 지난 시즌에 남긴 기록이었다.

수비면에서는 리그 3루수들 가운데 실책 개수가 2위를 기록했을 정도로 아쉬운 면모를 보였지만, 두 시즌 연속으로 20-20을 기록하며 호타준족의 능력을 인정받아서 속된 말로 FA 대박을 쳤다.

원소속 구단인 심원 패롯스와 계약 기간 4년에 계약금 포함 총액 80억의 대박 계약을 맺는 데 성공했으니까.

그렇지만 FA 계약 후 첫해인 올 시즌, 김대희는 부진의 늪에 빠졌다.

현재 타율은 지난 시즌에 비해 1할 가까이 떨어진 0.236.

홈런은 다섯 개에 불과했고, 도루도 고작 넷뿐이었다.

게다가 고질적인 손목 통증을 호소하며 경기에 빠지는 경우가 다수였기 때문에 아직 규정타석도 채우지 못한 상황이었다.

부진이 길어지자 비난이 쏟아지는 것은 당연했다.

지난 시즌에 김대희가 펼쳤던 맹활약은 FA로이드란 비아냥이 야구팬들 사이에서 흘러나왔고, 심원 패롯스 팬들 사이에서도 '먹튀'라 불리고 있었다.

포수와 3루수!

심원 패롯스의 강점이었던 두 포지션이 갑자기 취약 포지션으로 바뀐 셈이었다. 더구나 백업 멤버들마저도 마땅치 않은 상황이라 심원 패롯스는 두 선수의 부진과 함께 하위권으로 처지고 말았다.

*   *   *

마경 스왈로우스와 심원 패롯스.

현재 리그 8위와 9위에 처져 있는 두 팀은 여러모로 달랐
다.

감독의 성향도 달랐고, 뚜렷한 팀의 약점도 달랐다. 그래서
트레이드 상대로 최적이라고 해도 과언이 아니었다.

마경 스왈로우스의 감독인 강상문이 원하는 것은 수준급
선발투수.

심원 패롯스의 감독인 이철승이 원하는 것은 포수와 3루
수.

심원 패롯스는 6선발 체제를 구축해도 된다는 평가를 받았
을 정도로 수준급 선발투수들이 많았다. 그리고 마경 스왈로
우스에는 수비 위치를 3루로 전향하려고 하는 태식과 잠재력
을 갖춘 포수인 용덕수가 있었다.

물론 문제는 있었다.

태식과 용덕수의 존재감이 아직은 한참 모자란다는 점이
었다.

비록 태식이 교연 피콕스와의 3연전 마지막 경기에 대타로

나서서 팀의 5연패를 끊는 극적인 끝내기 홈런을 날리긴 했지만, 고작 한 타석에 불과했다. 게다가 태식의 수비 포지션은 줄곧 2루수였다.

용덕수는 태식보다 더했다.

육성 선수로 마경 스왈로우스에 입단한 후, 단 한 번도 1군 경기에 나선 적이 없었다.

모르긴 몰라도 심원 패롯스의 감독인 이철승은 용덕수의 존재 자체를 아예 모를 가능성이 높았다.

"그걸 형이 어떻게 아세요?"

심원 패롯스와의 경기에 나서게 될 것이라고 확신에 찬 목소리로 말했을 때, 용덕수가 보였던 반응이다.

태식이 그 사실을 알고 있는 이유는 마법을 부려서도, 강상문 감독이 짠 선발 라인업을 몰래 훔쳐보았기 때문도 아니었다.

십수 년간 선수로 뛰며 쌓인 경험.

그 경험 덕분에 야구를 바라보는 눈이 깊어졌달까?

강상문 감독의 머릿속이 훤히 읽혔다.

'이번 3연전을 쇼케이스라고 판단할 거야!'

마경 스왈로우스와 심원 패롯스의 3연전.

강상문 감독은 트레이드를 염두에 두고 태식과 용덕수를 1군으로 승격시켰다. 그리고 트레이드를 할 상대로 내심 점찍어 두었던 심원 패롯스와의 3연전을 태식과 용덕수의 존재감을 알리는 쇼케이스라고 판단할 터였다.

'그래서 움직였지!'

예전과 다른 점은 야구를 보는 눈이 깊어진 것만이 아니었다.

절실함!

기적과 함께 다시 찾아온 기회를 놓치고 싶지 않다는 절실함이 태식에게는 있었다. 그래서 강상문 감독이 결단을 내릴 때까지 손 놓고 기다리는 대신, 직접 그를 찾아갔다.

태식이 당시 강상문 감독과의 만남을 떠올렸다.

2. 데뷔전의 기억

<강상문 감독, 귀신같은 용병술로 팀의 연패를 끊어내다!>

태식이 감독실로 찾아갔을 때, 강상문 감독은 신문 기사를 보고 있었다.

1군 무대로 막 승격시킨 태식을 과감하게 기용한 대타 작전이 적중한 덕분에 기사는 강상문 감독의 용병술을 칭찬하는 일색이었다.

그래서일까.

무척 기분이 좋아 보이던 강상문 감독은 반갑게 태식을 맞아주었다.

"내 눈이 틀리지 않았어. 아주 잘했어."

어깨를 두드리며 칭찬한 강상문 감독이 물었다.

"그런데 무슨 일로 찾아온 거야?"

"드릴 말씀이 있어서 찾아왔습니다."

"뭐지?"

"앞으로 3루수로 뛰고 싶습니다."

"3루수로 뛰겠다고?"

지난번 만남에서도 넌지시 꺼냈던 이야기.

그렇지만 강상문 감독은 난감한 표정을 드러냈다.

"그동안 줄곧 2루수로 뛰었잖아. 그런데 준비도 없이 갑자기 3루수로 뛴다는 건 어려워. 너무 서두르는 것 아냐?"

"충분히 준비는 했습니다."

"응?"

"그동안 3루 수비를 꾸준히 연습했습니다. 그리고 전에도 말씀드렸듯이 어깨 부상은 완벽히 회복했으니 송구에도 문제가 없습니다."

"하지만……."

"너무 서두른다는 것은 저도 잘 알고 있습니다. 하지만 이렇게 서두르는 이유는 선택의 여지가 없기 때문입니다."

"……?"

"이제 남은 시간이 별로 없습니다."

태식이 힘주어 말하자 강상문 감독이 의아한 시선을 던졌다.

"시간이 없다니? 그게 무슨 소리지?"

"잘 알고 계시다시피 트레이드 마감 시한이 얼마 남지 않았습니다. 그리고 마경 스왈로우스의 반등을 위해서는 한시라도 빨리 수준급 선발투수를 영입해야 합니다."

감추고 있던 속내를 들킨 탓에 살짝 당황한 기색이었지만, 강상문 감독은 딱히 화가 난 표정은 아니었다.

"그래서 3루수로 뛰겠다?"

"기회니까요."

"기회?"

"심원 패롯스 이철승 감독의 마음을 움직일 수 있는 기회이니까요."

"이번 3연전에서 이철승 감독의 마음을 움직이겠다?"

"네, 좋은 기회라고 생각합니다."

생각이 다르지 않았던 걸까?

강상문 감독이 희미하게 고개를 끄덕였다. 그러나 여전히 불안한 표정을 지우지 못하고 있었다.

"이철승 감독의 마음을 사로잡을 자신은 있나?"

"네, 자신이 있습니다. 단……."

"단 뭔가?"

"감독님께서 도와주셔야 할 부분이 있습니다."

"내 도움이 필요하다? 뭐지?"

의아한 시선을 던지고 있는 강상문 감독에게 태식이 대답했다.

"감독님께서 도와주셔야 할 것은 모두 세 가지입니다."

*　　　*　　　*

마경 스왈로우스 VS 심원 패롯스.

3연전 첫 번째 경기를 앞두고 선발 라인업을 확인한 이철승이 두 눈을 빛냈다.

마경 스왈로우스의 선발 라인업에는 눈에 띄는 변화가 있었다.

올 시즌 처음으로 선발 출전하는 선수가 둘이나 있었다.

김태식, 그리고 용덕수.

"어제 끝내기 홈런이 강렬하긴 했지!"

오늘 경기 선발 라인업에 올라와 있는 김태식의 이름을 확인한 이철승이 희미하게 고개를 끄덕였다.

마경 스왈로우스의 5연패를 끊어냈던 끝내기 홈런.

팀 타선이 침묵하면서 6연패를 목전에 두고 있던 강상문 감독의 입장에서는 가뭄의 단비 같은 끝내기 홈런이었으리라.

당연히 끝내기 홈런을 날린 김태식의 활약에 무척 강한 인상을 받았을 것이다.

그래서 오늘 경기에 선발 출전 기회를 주었을 터였고.

그렇지만 눈에 띄는 부분은 아직 남아 있었다.

바로 김태식의 수비 포지션과 타순이었다.

"3루수?"

김태식에 대해서는 이철승도 알고 있다.

KBO 리그를 대표하는 저니맨.

신인 드래프트에서 대승 원더스의 지명을 받으며 프로에 입문한 김태식은 분명히 재능과 성장 가능성이 충분히 있었던 선수였다. 그래서 한 때는 이철승도 김태식을 눈여겨보았던 적이 있었다.

그렇지만 프로에 입단한 김태식은 자신이 가진 재능을 꽃피우지 못했다.

부상이 발목을 잡았기 때문이다.

"이제 부상에서는 완전히 회복한 건가? 그리고 왜 갑자기 2루수가 아니라 3루수로 나선 거지?"

어깨 부상을 당해서 끝내 투수로 재기하지 못한 김태식은 야수로 전향한 후 줄곧 2루수를 맡았다. 그리고 마경 스왈로우스로 이적한 후에 줄곧 2군에 머물렀던 김태식은 1군 경기에 출전하면서 돌연 3루로 수비 포지션을 바꾸었다.

"3루 수비가… 가능했던가?"

이철승이 두 눈을 빛냈다.

올 시즌을 앞두고 FA 계약을 맺은 주전 3루수인 김대희가 부상과 부진의 늪에 빠지며 팀 분위기가 침체된 상황.

트레이드를 해서라도 3루수를 영입하고 싶었다.

그렇지만 마땅한 선수를 찾지 못하고 있었는데.

김태식이 오늘 경기에 3루수로 나선다는 것을 확인하자 흥미가 생겼다. 그리고 또 하나 흥미로운 것은 김태식의 타순이었다.

"5번 타자?"

올 시즌 첫 선발 출전임에도 불구하고 김태식은 클린업트리오 중 한 자리를 꿰찼다.

이것이 의미하는 바는 하나.

강상문 감독이 김태식의 타자로서의 능력을 인정한다는 것이었다.

"유심히 지켜봐야겠군."

혼잣말을 꺼내던 이철승의 시선이 마경 스왈로우스의 선발 라인업에 올라 있는 또 다른 낯선 이름 위에서 머물렀다.

"용덕수가… 누구지?"

스카우터를 통해 알아본 바에 의하면 용덕수는 육성 선수로 마경 스왈로우스에 입단한 젊은 포수였다. 그리고 스카우터는 포수로서의 수비력은 괜찮은 편이지만, 공격력이 많이 약하다는 평가를 알려주었다.

어쨌든, 그 후로 용덕수는 단 한 번도 1군 경기에 출전한 경험이 없었는데, 갑자기 선발 출전을 한 것이었다.

"왜지?"

포수는 경험이 중요한 포지션이다.

그 사실을 모를 리 없는 강상문 감독이 과감하게 신인급 선수인 용덕수를 선발 출전시킨 의중이 궁금했다. 그리고 기대가 되는 것은 사실이었다.

"어떤 장점이 있지?"

경험이 턱없이 부족한 용덕수를 선발 라인업에 올린 이유.

분명히 용덕수에게 어떤 장점이 있을 터였다. 그리고 용덕수에게 자꾸 관심이 가는 또 하나의 이유는 현재 심원 패롯스의 팀 내 상황 때문이었다.

원래 주전 포수였던 강만호는 뇌진탕 부상 이후, 아직 제 기량을 전혀 회복하지 못하고 있었다.

백업 포수인 최철우가 강만호를 대신해서 포수 마스크를 쓰고 있었지만, 꾸준히 불안함을 표출하고 있었다.

특히 아쉬운 것은 공격력.

강만호의 부재 속에 최철우는 꾸준히 출전 기회를 얻었지만, 현재 타율이 1할대 후반에 불과했다.

포수와 3루수!

심원 패롯스의 두드러진 약점이었다.

그런데 오늘 경기에 나서는 마경 스왈로우스의 포수와 3루수가 새로운 얼굴들로 바뀌어 있었다.

"어디 한번 지켜볼까?"

이철승이 두 눈을 빛내며 경기를 앞두고 있는 그라운드를 바라보았다.

*　　　　*　　　　*

오래간만의 선발 출전이 흥분됐다.

경험이 많은 태식도 이것만큼은 어쩔 수 없었다. 그렇지만 태식은 애써 침착함을 유지하기 위해 노력했다.

경기를 앞두고 신경 써야 할 것이 한두 가지가 아니었기 때문이다.

비록 그동안 꾸준히 준비를 해왔긴 하지만, 3루 수비 위치는 낯설었다.

자신에게 향하고 있는 이철승 감독의 시선도 부담스러웠다.

게다가 어제 강렬했던 끝내기 홈런의 여파일까?

홈 팬들의 기대에 찬 표정과 눈빛도 부담스럽기는 마찬가지
였다.

그렇지만 가장 신경이 쓰이는 것은…….

다름 아닌 용덕수였다.

생애 첫 번째 1군 경기 출전, 그것도 선발 라인업에 이름을
올린 터라 용덕수의 긴장감은 극에 달해 있었다.

밀랍 인형처럼 창백하게 질린 채 안절부절못하는 용덕수의
낯빛과 표정을 확인한 태식이 답답한 한숨을 내쉬었다.

경험이 부족한 만큼 경기를 앞두고 긴장하는 것은 당연했
다. 그리고 경기 중에 실책을 저지르면서 조금씩 성장해 나가
는 것이 당연한 일이었다.

그렇지만 아쉽게도 용덕수에게 주어질 기회는 많지 않았
다.

게다가 상대 팀 감독인 이철승이 관심을 갖고 지켜보는 상
황.

용덕수는 1군 첫 출전 경기부터 잘해야 했다.

태식이 트레이드를 통해 심원 패롯스로 팀을 옮기기 위해서
도 이번 3연전에서 용덕수의 활약은 중요했다.

'어떻게 긴장을 풀어줘야 할까?'

잠시 고민하던 태식이 용덕수의 곁으로 다가갔다.

"긴장돼?"

"네? 뭐라고 하셨어요?"

자신의 말을 제대로 알아듣지도 못할 정도로 용덕수가 극도로 긴장한 상태임을 확인한 태식이 눈살을 찌푸렸다.

"긴장되느냐고?"

"네, 많이요."

간신히 말귀를 알아들은 용덕수에게서 바로 돌아온 대답을 듣고서, 태식의 고민이 한층 깊어졌다.

현재 용덕수의 상태로는 경기에 나선다 하더라도 가진 바 실력을 제대로 발휘하기 어려웠다.

미처 정신을 차리기도 전에 실책을 남발하면서 1군 무대 데뷔 경기를 망쳐 버릴 가능성이 높았다.

'무슨 방법이 없을까?'

답답한 표정을 짓던 태식이 문득 떠올린 것은 예전의 기억이었다.

용덕수처럼 태식도 1군 경기에 처음으로 나섰던 적이 있었다.

'어쩌면 거기서 원하던 답을 찾을 수 있지 않을까?'

태식이 기대를 품은 채 예전 기억을 더듬었다.

"김태식, 준비시켜!"

투수 코치에게서 감독의 지시를 전해 들은 순간, 태식의 심장이 쿵쾅거리며 거칠게 뛰기 시작했다.

거액의 계약금을 받고 대승 원더스에 입단한 만큼 머잖아 1군 경기에 출전할 것이라 짐작은 했다.

그렇지만 막상 코치를 통해서 출전 통보를 받고 나자 태식은 머릿속이 하얘지는 느낌이었다.

스코어는 3 : 3.

줄곧 끌려가던 경기는 타자들이 6회 초에 일거에 3득점을 올리며 동점 상황으로 바뀌어 있었다.

'무조건 막아야 해!'

6회 말, 마운드에 오른 태식의 머릿속에는 어떻게든 이번 이닝을 무실점으로 막아내야 한다는 생각뿐이었다.

솔직히 말하면 포수의 사인도 제대로 보이지 않았다.

엉겁결에 고개를 끄덕인 후에 그냥 포수가 글러브를 갖다 대고 있는 곳만 확인하고 무작정 공을 던졌다.

너무 긴장한 탓일까?

제구가 뜻대로 되지 않았다.

쓰리 볼 노 스트라이크.

마음먹은 코스로 공이 들어가지 않은 탓에, 태식은 첫 타자를 상대로 순식간에 불리한 볼카운트에 몰렸다.

그 순간, 태식이 더그아웃 쪽으로 고개를 돌렸다.

태식의 투구가 마음에 들지 않는 걸까?

짐짓 미간을 찌푸리고 있는 감독님의 얼굴을 확인한 순간, 태식은 모자를 벗었다가 다시 깊숙이 눌러썼다.

'볼넷만은 안 돼!'

거액의 계약금을 받고 입단한 만큼, 자신에 대한 프런트와 감독님의 기대는 컸다. 그래서 첫 등판부터 실망시켜 드리고 싶지 않았다.

틀린 선택이 아니었다.

신인 드래프트에서 날 지명한 것은 옳은 선택이었다.

1군 무대 첫 등판에서 이 사실을 증명하고 싶었다.

해서 이를 악문 태식이 힘껏 공을 던졌다.

슈아악! 퍽!

결과적으로 볼넷을 내주지 않겠다는 목표는 달성했다.

볼넷이 아닌 몸에 맞는 볼로 첫 타자를 내보냈으니까.

태식이 마운드에서 던진 네 번째 공은 타자의 어깨에 맞았다.

하마터면 헤드샷이 될 뻔했을 정도로 위험한 투구!

140㎞대 후반의 빠른 공을 어깨를 맞고 잔뜩 흥분한 타자는 1루로 걸어 나가는 대신 방망이를 바닥에 거칠게 내팽개쳤다.

"아직 새파란 게 죽고 싶어?"

주심과 포수의 만류를 뿌리치고 마운드로 달려온 타자가

거친 말을 쏟아내며 태식의 멱살을 틀어쥐었다.

어쩌면 당연한 반응이었다.

아직 풋내기에 불과한 신인 투수가 던진 사구에 맞아 큰 부상을 당할 뻔했으니 기분이 상했으리라.

그 후로는 제대로 기억이 나지 않았다.

양 팀 선수들이 모두 마운드로 향해 뛰어올라 오는 벤치 클리어링이 발생했고, 관중들의 야유가 쏟아졌다.

"이 자식! 일부러 던졌지?"

"와, 어린놈의 새끼, 싸가지 봐라."

"아주 아작을 내버려!"

상대 팀이었던 한성 비글스의 홈 팬들이 고함을 내질렀다.

귀에 쏙쏙 꽂히는 홈 팬들의 고함과 야유 소리가 가뜩이나 움츠려 들어 있던 태식을 더욱 위축시켰다.

그 순간 마운드에 서 있는 것이 두려워졌다.

그토록 서고 싶었던 1군 마운드였는데.

지금은 어서 마운드에서 도망치고 싶다는 생각뿐이었다.

'될 대로 되라!'

슈아악!

서둘러 와인드업을 마친 태식이 던졌던 직구는 밋밋했다. 그리고 한가운데로 몰린 실투를 타자는 놓치지 않았다.

따악!

묵직한 타격음이 귓가로 파고들었다.

까마득히 높이 솟구친 채 멀리 날아가는 타구의 궤적을 눈으로 좇던 태식이 천천히 고개를 떨궜다.

3. 쇼케이스

'내 공을 못 던졌어!'

당시의 태식은 너무 긴장했다.

포수가 보내는 사인도 눈에 들어오지 않을 정도였으니, 더 말해 무엇할까?

그리고 1군 무대에 처음으로 등판했을 당시의 부진한 투구 내용이 모두 자신의 탓이라고 여겼던 생각이 선수로서 많은 경험이 쌓인 지금은 조금 바뀌었다.

고등학교를 졸업하자마자 프로 팀에 입단한 후 1군 무대 첫 등판.

당시의 태식은 아직 어렸다.

또, 프로 경험도 전혀 없었다.

그러니 좀 더 세심한 배려가 있어야 했다.

'만약 원정 경기가 아니라 홈경기였다면?'

경기의 분위기에 취한 관중들이 아무렇게나 던져내는 말한마디에도 흔들릴 수 있는 신인 시절.

원정 경기가 아니라 홈경기에 등판했다면, 조금 더 마음이 편했을 것이라는 아쉬움이 남아 있었다.

'만약 동점 상황이 아니었다면?'

또 팀이 이기고 있든 지고 있든 큰 점수 차가 나는 상황에서 마운드에 올랐다면, 긴장이 덜했을 터였고, 아주 많은 것이 달라졌을 것이다.

이게 다가 아니었다.

'포수나 코치가 한 번만 마운드에 올라왔다면?'

마운드에 오른 후에 제구가 뜻대로 되지 않아 단 하나의 스트라이크도 꽂아 넣지 못하고 연거푸 볼을 던지며 쓰리 볼 노스트라이크의 불리한 볼카운트로 몰렸었다.

그때, 포수나 코치가 올라와서 한 번 흐름을 끊어주었다면 태식은 안정을 되찾을 수 있었을지도 몰랐다.

어쨌든, 무척 아프게 남아 있는 당시의 기억을 더듬던 태식이 입을 뗐다.

"덕수야."

"네."

"두 가지만 명심해."

"말씀하세요."

"우선… 너무 잘하려고 하지 마."

"네?"

"오늘만 경기에 나서는 것이 아니니까. 넌 젊다. 앞으로 수많은 경기에 나서게 될 거야. 그러니까 그 수많은 경기 중의 한 경기일 뿐이라고 생각해."

"명심하겠습니다."

"그리고 하나 더. 잘하는 것에 집중해."

"잘하는 것이요?"

"네가 잘하는 것. 수비잖아. 그러니까 수비에만 집중하라고."

1군 첫 경기 당시, 태식이 와르르 무너졌던 시발점은 제구였다.

태식의 장점은 좌완 파이어볼러라는 것이었다.

150km에 육박하는 빠른 공을 던질 수 있는 좌완 선발투수라는 것이 태식의 가장 큰 장점이었고, 그 장점을 인정받아서 거액의 계약금을 받고 입단할 수 있었다.

그런 태식의 약점으로 지적됐던 것은 제구였다.

해서 당시 등판했을 때, 의식적으로 제구에 가장 많은 신경을 썼다.

그동안 약점으로 지적받았던 제구 난조를 극복했다는 것을 경기를 통해서 보여주고 싶었기 때문이다.

그렇지만 결과적으로 그 선택은 악수가 됐다.

제구에 너무 신경을 쓰다 보니 오히려 제구가 더 잡히지 않았다.

차라리 장기인 불같은 강속구를 마음껏 던졌다면 최악의 상황으로 흘러가지는 않았을 것이라는 후회가 아직 남아 있었다.

용덕수도 마찬가지였다.

용덕수는 수비 능력이 좋은 포수였다.

최근 들어 피나는 연습을 통해서 공격 능력 역시 예전에 비해 많이 좋아졌지만, 약점으로 지적됐던 공격력을 보여주겠다는 것에 너무 집중하다 보면 장점이었던 수비 능력마저도 엉망이 될 수 있었다.

태식이 우려하는 것은 바로 이 부분이었다.

경험에서 우러나온 충고이기 때문일까?

"명심, 또 명심하겠습니다."

용덕수가 힘차게 고개를 끄덕이는 것을 확인한 태식이 덧붙였다.

"형만 믿어!"

당시의 태식과 지금의 용덕수는 달랐다.

투수와 포수.

거액의 계약금을 받고 입단한 선수와 육성 선수로 팀에 입단한 선수 등등.

여러 가지 다른 점이 많았지만, 가장 큰 차이점은 경험이 풍부한 태식이 용덕수의 곁을 든든히 지키고 있다는 것이었다.

당시의 태식 곁에는 아무도 없었지만, 지금 용덕수의 곁에는 태식이 있었다.

그 사실을 깨닫고 비로소 긴장이 조금 풀린 걸까.

희미한 미소를 짓고 있는 용덕수에게 태식이 한마디를 보냈다.

"야구, 즐기면서 하자."

*   *   *

심원 패롯스와의 3연전 첫 경기.

오래간만의 1군 선발 출전, 거기에 낯선 3루 수비 위치까지.

분명히 쉽지 않은 상황이었지만, 태식은 경기에 집중하기 위해 애썼다.

'공격 못지않게 수비도 중요해.'

가볍게 풋워크를 하며 몸을 풀던 태식이 더그아웃 쪽으로 고개를 돌렸다.

그동안 줄곧 2루수로 뛰었던 태식에게 3루 수비를 맡긴 것이 모험이라고 판단하고 있기 때문일까.

강상문 감독의 얼굴에는 불안한 기색이 깃들어 있었다.

그에게 향해 있던 태식의 시선이 다음으로 머무른 곳은 장영기였다.

마경 스왈로우스 부동의 주전 3루수.

마땅한 경쟁 상대가 없었기에 장영기의 팀 내 입지는 그동안 무척 탄탄했다.

그런데 태식이 선발 출전하면서 올 시즌 처음으로 선발 라인업에서 빠진 장영기의 표정에는 불만이 가득했다.

굴러온 돌이 박힌 돌을 빼낸 상황이랄까.

장영기가 불만을 표시하는 것이 당연했다.

더구나 그를 대신해서 3루수로 선발 출장한 것이 바로 그동안 무시했던 듣보잡 태식이었기에 더욱 불만이 큰 것처럼 보였다.

"다행인 줄 알아."

그런 장영기를 바라보던 태식이 작게 혼잣말을 꺼냈다.

"나중에 후회해 봐야 늦어."

태식이 일전에 장영기에게 건넸던 충고는 진심이었다.

장영기는 아직 젊었다.

덕분에 아직까진 그럭저럭 버티고 있지만, 몸이 망가지고 체력이 떨어지는 것은 한순간이었다.

당장이야 마땅한 경쟁 상대가 없어서 팀 내에서 주전 자리를 확고히 꿰차고 있지만, 프로의 세계는 냉정했다.

폼이 떨어지고, 실력이 더 나은 선수가 등장하거나 영입되면 장영기는 언제든지 주전 경쟁에서 밀려날 수 있다.

물론 태식은 장영기와 3루 포지션을 놓고 경쟁을 벌이는 상대가 아니었다.

태식의 목적은 어디까지나 트레이드!

태식의 계획대로만 진행된다면 머잖아 마경 스왈로우스를 떠나서 심원 패롯스로 팀을 옮길 터였다.

그러니 마경 스왈로우스의 주전 3루수는 다시 장영기의 몫이 될 터였다.

그럼에도 불구하고 태식이 아까 다행인 줄 알라고 말했던 이유는 지금 이 상황이 일종의 예방주사였기 때문이다.

언제든지 주전 경쟁에서 밀려날 수 있다.

예방주사를 맞고도 그 사실을 깨닫지 못한다면 넌 끝이다.

장영기를 바라보던 태식이 이내 시선을 거두어들였다.

지금은 오지랖을 부릴 때가 아니었다.

자신의 코가 석 자인 상황이었다.

해서 태식은 경기에 집중하기 위해 애썼다.

오늘 경기에서 마경 스왈로우스가 내세운 선발투수는 송승훈이었다.

올 시즌 성적은 4승 6패, 방어율 5.48을 기록하고 있었다.

선발투수가 부족한 팀 내 상황 때문에 임시 5선발을 맡고 있지만, 강상문 감독의 기대에 미치지 못하고 있는 것이 사실이었다.

그런 송승훈의 가장 큰 약점은 경기 초반에 난조를 드러내며 위기를 극복하지 못한다는 점이었다.

오늘도 어김없이 송승훈은 그 약점을 노출했다.

"플레이볼!"

따악!

경기가 시작되자마자 심원 패롯스의 선두 타자로 나선 이종도에게 우중간 2루타를 허용하며 송승훈은 위기에 몰렸다.

'초반을 어떻게 넘기느냐에 따라서 오늘 경기가 결정되겠군!'

태식이 생각을 정리하고 있을 때였다.

마치 태식이 3루 수비로 나선 것을 환영이라도 하듯이 3루

쪽으로 총알 같은 타구가 날아들었다.

따악!

경쾌한 타격음과 함께 타자의 배트 중심에 걸린 3루 라인 선상을 타고 흐르는 타구는 무척 빨랐다.

'잡아야 해!'

머릿속으로 타구를 잡아내야겠다는 생각이 떠오른 순간, 태식의 몸이 먼저 반응했다.

슬라이딩을 하면서 바운드를 예측해 앞으로 쭉 내밀었던 태식의 글러브로 타구가 빨려 들어왔다.

'잡았다!'

글러브 속으로 공이 들어온 것을 깨달은 태식이 지체하지 않고 몸을 일으키면서 고개를 돌렸다.

2루 주자인 박인섭의 베이스 런닝은 훌륭했다.

태식이 쭉 내밀었던 글러브 속으로 타구가 빨려 들어가는 것을 확인하자마자 재빨리 2루로 귀루하고 있었다.

'늦었어!'

2루에서 선행 주자를 잡기에는 늦었다고 판단한 태식이 1루로 시선을 던졌다.

잘 맞은 탓에 빠르긴 했지만 워낙 깊은 타구였다.

게다가 태식이 슬라이딩을 하며 타구를 잡은 탓에 시간이 많이 지체된 상황.

'서둘러야 해!'

송구를 서둘러야 한다고 판단한 태식이 노스텝으로 1루로 공을 뿌렸다.

슈아악!

빨랫줄처럼 일직선으로 날아간 송구가 1루수가 앞으로 내민 글러브에 빨려 들어간 것과 타자의 발이 1루 베이스에 닿은 것은 거의 동시였다.

그러나 간발의 차로 송구가 도착한 것이 빨랐다.

"아웃!"

1루심이 아웃을 선언한 순간, 태식이 씩 웃었다.

방금 자신의 수비가 무척 흡족했기 때문이다.

누구나 3루 선상을 타고 흐르는 2루타가 될 것이라고 예상했을 정도로 잘 맞은 타구.

그러나 태식은 슬라이딩을 하며 타구를 빠뜨리지 않고 잡아냈다.

타구를 빠뜨려서 실점을 허용하지 않은 것만으로도 충분히 훌륭한 플레이였는데, 태식은 거기서 멈추지 않고 아웃 카운트까지 잡아냈다.

뛰어난 순발력이 있기에 가능했던 타구에 대한 반응속도!

말 그대로 동물적인 움직임이었다.

이것이 가능했던 이유는 태식의 신체 나이가 젊어졌기 때문이다.

또 하나, 노스텝으로 던진 1루 송구 역시 팬들의 감탄을 자아내기에 충분했다.

방금 강한 송구를 던질 수 있던 것은 더 이상 어깨 부상의 여파가 없다는 것을 증명하고도 남았다.

거기에 더해 2루 주자를 살피며 노스텝으로 송구를 던지겠다는 결정을 내린 것은 태식의 경험이 쌓였기 때문에 내릴 수 있었던 순간적인 판단.

동물적인 반사 신경, 강한 어깨, 그리고 경험까지.

삼박자가 완벽히 맞아떨어진 수비였다.

태식이 보여준 수비에 놀란 탓일까?

두 눈이 휘둥그레진 강상문 감독의 두 눈에서 불안감이 사라진 것을 확인한 태식이 마운드에 서 있는 송승훈을 살폈다.

'이 수비로 평정심을 찾을 수 있을까?'

송승훈이 평정심을 되찾아 초반을 넘기고 경기 중후반까지 호투해 줘야만 오늘 경기를 대등하게 끌어나갈 수 있었다.

해서 태식은 송승훈이 이번 호수비 덕분에 안정을 되찾기를 바랐지만, 그는 여전히 안정을 찾지 못했다.

제구 난조를 드러내며 심원 패롯스의 3번 타자인 최순규에게 볼넷을 허용해 1사 1, 2루의 위기에 몰렸다.

심원 패롯스의 4번 타자인 이명기와 송승훈의 대결!

예상대로 송승훈은 타자와의 대결에서 정면 승부를 펼치지 못하고 도망치기 급급했다.

투 볼 노 스트라이크로 카운트가 몰린 순간, 송승훈이 3구를 던졌다.

슈아악!

힘이 너무 들어간 탓일까?

송승훈이 던진 포크볼은 홈 플레이트를 통과하지 못하고 바깥쪽으로 휘어나가며 크게 바운드를 일으켰다.

'폭투?'

포수가 잡기 힘든 공이었다.

태식이 폭투가 될 거라고 판단한 순간, 용덕수가 잽싸게 몸을 날리며 블로킹을 시도했다.

퍽. 데구르르.

용덕수의 가슴 보호대를 맞은 공이 바닥을 구른 순간, 두 명의 주자들이 동시에 스타트를 끊었다.

3루 베이스 커버를 들어간 태식이 두 눈을 빛냈다.

비록 완벽하게 공을 잡아내는 데는 실패했지만, 용덕수의 블로킹은 훌륭했다.

일단 공을 뒤로 빠뜨리지 않고 앞으로 떨어뜨려 놓는 데 성공했으니까.

그런 용덕수의 후속 동작도 훌륭했다.

포수 마스크를 벗어 던진 용덕수는 공의 방향을 잃지 않고 달려들어 지체하지 않고 3루로 공을 뿌렸다.

정확한 송구가 태식이 내밀고 있던 글러브로 들어왔고, 자연 태그로 이어졌다.

"아웃!"

3루심이 아웃을 선언한 순간, 태식이 용덕수에게 엄지를 추켜세웠다.

경기 시작 전, 태식이 했던 조언이 효과가 있던 걸까.

엄청나게 긴장이 됐을 터인데도 포수 마스크를 쓴 용덕수는 끝까지 집중력을 잃지 않고 호수비를 펼쳤다.

환하게 웃고 있는 용덕수를 보며 태식도 마주 웃었다.

이 호수비 덕분에 용덕수의 긴장이 풀린 것 같으니, 한 고비는 넘긴 셈이었다. 그리고 태식과 용덕수의 잇따른 호수비로 초반 위기를 넘긴 송승훈도 안정을 되찾았다.

쓰리 볼 노 스트라이크의 불리한 볼카운트였음에도 4번 타자 이명기를 상대로 더 이상 도망치지 않았다.

"스트라이크!"

잇따라 두 개의 스트라이크를 꽂아 넣은 후, 바깥쪽 꽉 찬 직구를 던져 이명기의 배트를 끌어내는 데 성공했다.

딱!

심원 패롯스의 4번 타자인 이명기를 평범한 외야플라이로 잡아내며 송승훈은 무실점으로 1회 초를 마무리했다.

'이제 공격이군!'

더그아웃으로 돌아오던 태식이 슬쩍 고개를 돌렸다.

심원 패롯스의 이철승 감독의 시선이 자신에게 향해 있는 것을 확인한 태식의 입가로 희미한 미소가 떠올랐다.

'3루 수비가 가능할까?'

오늘 경기 3루수로 나선 김태식을 보며 이철승이 품었던 의문이다.

투수 시절 당했던 어깨 부상.

그 부상 때문에 결국 야수로 전향했지만, 김태식은 어깨 부상의 여파 때문에 줄곧 송구 부담이 적은 2루수로 뛰었다.

김태식이라는 선수에 대해 잘 알고 있기에 당연히 가졌던 의문.

그런데 이철승이 갖고 있던 의문 부호가 느낌표로 바뀌는 데는 그리 긴 시간이 걸리지 않았다.

따악!

2번 타자 임현일이 친 타구의 궤적을 눈으로 좇던 이철승은 3루 라인 선상을 타고 흐르는 2루타가 될 것을 확신했다.

당연히 선취점을 올릴 것이라 예상했는데.

어느새 3루 선상으로 뛰어와 슬라이딩을 하면서 타구를 잡아내는 김태식을 확인하고 이철승은 두 눈을 부릅떴다.

엄청난 순발력!

'어떻게 저런 움직임이 가능하지?'

김태식의 나이는 서른일곱.

나이가 나이인 만큼 순발력과 반사 신경이 떨어져야 정상이었다. 그런데 방금 김태식의 플레이는 한창 기량에 물이 오른 젊은 선수들도 보여주기 힘든 대단한 순발력이 바탕이 된 플레이였다.

그렇지만 이철승의 놀람은 여기서 끝이 아니었다.

슈아악!

김태식이 노스텝으로 1루로 던진 송구는 정확하고 강했다.

과연 어깨 부상을 당했던 선수가 맞는가 하는 의심이 들었을 정도로.

짝짝짝!

눈이 번쩍 뜨일 정도로 대단한 호수비였다.

해서 이철승은 선취점을 올릴 수 있는 기회가 날아갔음에도 불구하고, 임현일이 1루에서 아웃이 된 순간 자신도 모르게 박수를 쳤다.

눈이 번쩍 뜨이는 느낌이랄까.

김태식은 지난 경기에 대타로 나서서 팀의 연패를 끊어냈던 끝내기 홈런을 기록했고, 방금 펼친 수비도 엄청났다.

'어쩌면… 우리 팀의 약점을 메울 수 있지 않을까?'

심원 패롯스를 이끌고 있는 이철승이 가장 고심하는 포지션 가운데 하나가 3루수였다. 그렇지만 마땅한 대안을 찾지 못해서 답답해하고 있었는데, 김태식을 보며 대안을 찾은 것 같은 느낌이 들었다.

"아직… 아냐!"

타석에서 한 번, 그리고 수비에서 한 번.

김태식은 분명히 자신과 팬들에게 강렬한 인상을 남기는 플레이를 했지만, 그 표본이 너무 적었다.

"괜히… 저니맨이 됐을까?"

저니맨이란 표현에는 긍정적인 의미보다 부정적인 의미가 더 강했다.

팀에 도움이 되지 않는 쓸모없는 선수란 이미지가 더 강했으니까.

그리고 김태식이 저니맨의 대명사가 된 데는 그만한 이유가 있을 것이란 생각이 들었다.

게다가 김태식은 나이도 많았다.

'반짝 활약?'

해서 이철승의 시선이 다시 부정적으로 바뀌었을 때였다.

퍽. 데구르르.

제구 난조를 드러내며 초반 위기를 자초했던 마경 스왈로우스의 선발투수 송승훈이 던진 포크볼은 포수가 잡기 힘든 코스로 들어갔다.

당연히 폭투가 되면서 1사 1, 2루의 상황이 1사 2, 3루로 바뀔 것이라 짐작했는데.

오늘 1군 무대 첫 경기를 펼치는 포수 용덕수의 플레이는 기민했다.

공의 궤적을 미리 짐작하고 몸을 날려 블로킹을 성공했다.

교본에 나오는 플레이처럼 정석대로 블로킹을 통해서 앞쪽으로 공을 떨어뜨린 용덕수는 후속 동작도 훌륭했다.

블로킹에 성공한 공의 궤적을 끝까지 놓치지 않았고, 너무 서두르지 않고 침착하게 공을 잡아 3루로 던진 송구도 정확했다.

"아웃!"

짝짝짝!

3루심이 아웃을 선언한 순간, 이철승이 또 한 번 박수를 쳤다.

'육성 선수 출신의 신인 포수?'

오늘 1군 경기에 처음으로 나선 선수라는 것이 믿기지 않을 정도로 안정적인 수비였다. 그래서 욕심이 났다.

용덕수의 나이는 이제 스물둘.

김태식과 달리 앞으로 발전 가능성이 무한했다.

백업 포수인 최철우의 불안한 수비 때문에 골머리를 앓던 이철승이기에 용덕수의 안정적인 수비는 더욱 눈에 띄었다.

"좀 더 두고 보자!"

김태식, 그리고 용덕수.

두 선수를 응시하던 이철승의 두 눈이 기대로 물들었다.

*   *   *

위기 뒤의 찬스!

야구계에 정설처럼 내려오는 이야기였다.

그 정설은 이번에도 들어맞았다.

1회 초, 태식과 용덕수의 호수비 덕분에 위기를 넘긴 마경 스왈로우스는 1회 말에 득점 찬스를 잡았다.

볼넷과 안타로 만들어진 1사 1, 3루의 득점 찬스.

찬스에서 타석에 들어선 것은 마경 스왈로우스의 4번 타자 최원우였다.

오늘 경기 5번 타자 임무를 부여받은 태식이 대기 타석에 들어서서 최원우와 심원 패롯스의 선발투수인 양동주의 대결을 유심히 살폈다.

큼지막한 외야플라이 하나만 쳐도 선취 득점을 올릴 수 있는 상황.

팀의 4번 타자인 최원우의 해결사 능력이 필요했다.

그렇지만 최원우는 해결사 본능이 떨어지는 편이었다. 그리고 최원우가 2할대 초반의 낮은 득점권 타율을 기록하고 있는 데는 이유가 있었다.

직구를 노리고 있었기 때문일까?

슬라이더와 커브를 잇따라 흘려보내며 불리한 볼카운트로 몰리고 나자, 최원우는 당황한 기색이 역력했다.

딱!

커브에 타이밍을 맞추지 못하고 휘두른 배트는 빗맞은 파울이 됐다.

하마터면 병살타가 될 수도 있었던 타구.

'병살만 치지 마라!'

대기 타석에 서 있던 태식이 최원우에게 바란 것은 하나였다. 그리고 고개를 갸웃거리는 최원우를 바라보던 태식이 강상문 감독을 만났던 당시의 기억을 떠올렸다.

"감독님께서 도와주셔야 할 것은 모두 세 가지입니다."

마경 스왈로우스의 감독인 강상문을 찾아갔을 당시, 태식은 크게 세 가지 부분에서 도움을 달라고 부탁했다.

그중 첫 번째 부탁이 바로 5번 타순으로 경기에 내보내 달라는 것이었다.

중심 타선과 하위 타선!

어느 타선에 포진되느냐에 따라서 차이는 컸다.

일단 중심 타선에 포진되면 경기 중에 한 번 더 타석에 들어설 확률이 높아졌다.

경기에 나서서 최대한 많은 것을 보여줘야 하는 태식의 입장에서는 한 번이라도 더 타석에 서는 것이 필요했다.

그렇지만 그 이유가 다가 아니었다.

태식이 5번 타자로 나서고 싶어 한 더 큰 이유는 타석에서 강렬한 인상을 남기기 위해서였다.

타율 10할.

타석에 설 때마다 안타를 쳐낼 수 있다면 그게 가장 최선이었다.

실제로 태식은 퓨처스 리그에서 7타수 7안타를 기록했고, 1군에 올라온 후에도 1타수 1안타를 기록했다.

홈런 3개를 포함한 8타수 8안타!

운이 따랐을 뿐만 아니라, 자신에 대한 정보가 거의 알려지지 않은 상태에서 투수들을 상대한 덕분이었다.

언제든지 수 싸움에서 패할 수도 있었고, 잘 맞은 타구가 수비 정면으로 향해 잡힐 수도 있는 것이 야구!

꾸준히 타율 10할을 유지할 수 있는 타자는 세상에 없었다.

타고투저 현상이 두드러지면서 3할 이상의 타율을 기록하는 타자들이 늘어났지만, 4할대 타율로 시즌을 마감한 선수는 KBO 리그 역사상 백인천이 유일했다.

그만큼 고타율을 유지하는 것이 어렵다는 증거.

하물며 5할 이상의 타율을 기록하는 것은 더했다.

해서 태식도 이 부분에 대해서 깊이 고민했다.

언젠가 타율은 떨어지게 마련일 터!

제한된 기회 속에서 타석에서 강렬한 인상을 남길 수 있는 방법에 대해 고심하던 태식이 찾아낸 방법은 해결사 본능을 보여주는 것이었다.

찬스에서 한 방을 터뜨리는 해결사.

현재 마경 스왈로우스의 4번 타자이자 팀 내 프랜차이즈 스타인 최원우에게 가장 부족한 능력이었다.

해서 태식은 강상문 감독에게 최원우의 다음 타선인 5번 타자로 출전할 수 있게 해달라고 부탁했다.

극명한 대비!

강렬한 인상을 더 심어주기 위해서는 비교 우위만큼 확실한 방법이 없었다.

비록 최원우에게는 미안한 일이었지만, 태식은 자신의 해결사 본능으로 더욱 강렬한 인상을 남기기 위해서 최원우를 이용하려는 것이었다.

슈아악!

타다닷!

바깥쪽 낮은 코스로 떨어지는 유인구가 들어온 순간, 1루 주자인 정현일이 스타트를 끊고 도루를 성공시켰다.

1사 1, 3루가 1사 2, 3루로 바뀌면서 병살의 위험은 사라졌다. 그리고 최원우는 단타 하나면 2득점을 올릴 수 있는 절호의 찬스를 끝내 살리지 못했다.

부우웅!

장타를 의식하고 크게 휘두른 스윙이 텅 빈 허공을 가르고 지나가며 최원우는 삼진으로 물러났다.

태식이 내심 바라 마지않던 상황!

4번 타자 최원우가 찬스를 살리지 못해 2사 2, 3루로 바뀐 상황에서 태식이 타석으로 들어섰다.

'거르지 않는다!'

1루가 비어 있는 상황이지만, 아직 경기 초반이다.

일부러 자신을 걸러서 루상에 주자를 모두 채울 가능성은 낮았다.

더구나 태식은 올 시즌에 처음으로 1군 경기에 선발 출전한 상황이니만큼 더욱 그랬다.

'큰 것을 노리지 말자!'

2사 2, 3루 상황인 만큼, 짧은 안타만 쳐도 주자를 모두 불러들일 수 있다. 해서 욕심을 버렸다.

지금은 큰 것을 욕심내기보다는 상황에 맞는 타구를 날릴 타이밍이었다.

'초구를 노린다!'

고의 사구의 가능성은 낮았지만, 1루가 비어 있는 상황인 만큼 양동주는 유인구 위주로 어려운 승부를 펼칠 가능성이 높았다.

물론 승부를 길게 가져가면서 볼넷을 골라서 출루하는 방법도 있었다. 그렇지만 찬스에서 해결사 본능을 드러내기로 결심한 만큼, 볼넷을 골라 출루하는 것을 태식은 원치 않았다.

그렇기에 초구를 노렸다.

'슬라이더!'

이미 더그아웃과 대기 타석에서 마경 스왈로우스 타자들과 승부하는 양동주의 볼 배합을 유심히 살핀 상황이었다.

초구에 슬라이더를 던져서 스트라이크를 잡는 볼 배합을 확인했기에, 태식은 양동주의 슬라이더에 초점을 맞추었다.

'하나, 둘, 셋!'

와인드업을 마친 양동주가 힘차게 초구를 뿌린 순간, 타이밍 계산을 마친 태식이 배트를 자신 있게 휘둘렀다.

슈아악!

'슬라이더가… 아니다?'

배트를 휘두르던 태식의 표정이 무섭게 굳어졌다.

수 싸움이 빗나갔다는 사실을 깨달았기 때문이다.

＊　　　　＊　　　　＊

1 : 2.

7회 초가 끝났을 때의 스코어였다.

"야구, 진짜 모르겠네."

이철승이 혀를 내밀어 바싹 마른 입술을 축였다.

양동주와 송승훈의 선발 맞대결.

선발투수의 면면만 놓고 보자면 분명히 양동주를 내세운 심원 패롯스의 우세였다.

심원 패롯스의 임시 5선발을 맡고 있는 송승훈은 고질적인 약점으로 지적되던 초반 난조를 어김없이 드러냈다.

거기서 조금만 더 밀어붙였다면 와르르 무너졌을 텐데.

송승훈은 초반에 와르르 무너지지 않고 안정을 되찾았다. 그리고 송승훈이 안정을 되찾은 계기는 두 번의 호수비였다.

오늘 경기 3루수로 나선 김태식과 포수 마스크를 쓴 용덕수.

올 시즌 1군 경기 출전이 처음이나 마찬가지인 두 선수가 잇따라 호수비를 펼치며 아웃 카운트를 늘려준 덕분에, 송승훈이 경기 초반의 위기를 넘기고 안정을 되찾아서 지금까지 호투하고 있는 것이었다.

그뿐이 아니었다.

김태식은 타석에서도 눈에 띄는 활약을 펼쳤다.

3타수 1안타!

얼핏 살피기에는 평범해 보였지만, 김태식이 기록한 안타는 무척 인상 깊었다.

이철승이 팔짱을 낀 채로 김태식이 안타를 만들어내던 순간의 기억을 떠올렸다.

1회 말 2사 2, 3루 상황에서 첫 타석에 들어섰던 김태식은 과감하게 초구부터 배트를 휘둘렀다.

양동주가 슬라이더를 던질 것이라 예측한 스윙.

그러나 김태식의 예측은 빗나갔다.

양동주가 김태식을 맞이해서 던진 초구는 슬라이더가 아닌 싱커였다.

'내야 땅볼!'

타이밍이 전혀 들어맞지 않았다. 해서 당연히 평범한 내야 땅볼이 될 것이라 여겼는데, 김태식은 타구를 띄웠다.

살짝 들어 올렸던 오른 다리의 착지를 늦추며 타격 타이밍을 늦춘 기술적인 배팅.

만약 억지로 잡아당겼다면 타구는 절대 뜨지 않았으리라. 그리고 평범한 내야 땅볼로 물러났으리라.

그렇지만 김태식은 의식적으로 밀어 쳤고, 덕분에 떠오른 타구는 유격수의 키를 살짝 넘기는 짧은 안타가 됐다.

2타점 적시타.

그 장면을 유심히 지켜보고 있던 이철승의 입에서 절로 감탄성이 새어 나왔을 정도로 훌륭한 타격이었다.

"하체가 받쳐준 덕분에 중심이 빠진 상태에서도 타구에 힘이 실렸어. 그리고 의식적으로 밀어 친 판단도 아주 좋았고."

이철승이 턱을 매만지며 말을 이었다.

"그중에서도 가장 좋았던 것은 타석에서의 집중력이야. 찬스를 어떻게든 살리겠다는 집념이 만들어낸 안타였어!'

마경 스왈로우스에게 귀중한 리드를 안기는 2타점 적시타를 날린 결과도 좋았지만, 이철승의 마음을 사로잡은 것은 김태식의 타격에 임하는 자세를 비롯한 여러 과정들이었다.

지난 경기에 대타로 나와서 기록했던 끝내기 홈런, 그리고 오늘 경기 첫 타석에서 기록한 적시타까지.

타격 기술도 훌륭했지만, 자신 앞에 찾아온 찬스를 절대 그냥 흘려보내지 않겠다는 집념이 빛나는 타격이었다.

어쩌면 개인 기록에 신경을 쓰느라 큰 것 한 방을 노리고 크게 스윙을 하다가 허무하게 삼진을 당한 최원우와 비교가 되어서 더욱 좋게 느껴지는 것인지도 몰랐다.

물론 김태식이 기록한 안타는 그게 끝이었다.

그 후 두 타석에서는 모두 범타로 물러났다.

그렇지만 결과가 아닌 과정은 여전히 좋았다.

두 번째 타석에서는 내야 땅볼로 물러났지만, 풀카운트 승부까지 끌고 가면서 투수인 양동주를 끈질기게 괴롭혔다.

세 번째 타석도 외야플라이로 물러나긴 했지만, 타구의 질은 아주 좋았다.

만약 김태식이 날린 타구의 코스가 우익수 정면 쪽으로 향하지 않았다면, 2루타가 될 수도 있었을 잘 맞은 타구였다.

7회 말, 마경 스왈로우스의 공격이 시작된 순간 이철승이 두 눈을 빛냈다. 7회 말의 선두 타자가 용덕수였기 때문이다.

세 번째 타석.

지난 두 번의 타석에서 모두 범타로 물러났지만 용덕수의 스윙은 나쁘지 않았다.

긴장이 풀린 덕분일까?

특히 두 번째 타석에서의 스윙은 145km의 직구에도 전혀 밀리지 않을 정도로 간결하고 정확했다.

만약 유격수인 김진만의 기가 막힌 호수비가 아니었다면, 중전 안타가 되었을 정도로 좋은 타구였다.

"절실함이 느껴져!"

김진만의 호수비 탓에 1군 무대 첫 안타를 놓친 용덕수는 아쉬워하는 기색이 역력했다. 그리고 지난 타석의 아쉬움을 만회하기 위해 비장한 표정으로 타석에 들어서 있는 용덕수에게서는 야구에 대한 절실함이 느껴졌다.

오죽했으면 상대 팀 감독인 자신조차 용덕수를 내심 응원하고 있을까.

타석에 선 용덕수는 신중했다.

불리한 볼카운트에 몰렸지만 양동주가 던진 유인구를 잇따라 참아내며 기어이 풀카운트 승부까지 끌고 갔다. 그리고 이번에도 양동주가 던진 바깥쪽 직구를 놓치지 않고 매섭게 받아쳤다.

따악!

경쾌한 타격음과 함께 용덕수가 친 타구가 투수의 곁을 빠르게 스치고 지나갔다. 타구가 2루 베이스를 통과해서 중전 안타로 연결된 순간, 용덕수는 마치 끝내기 홈런이라도 친 것처럼 기뻐했다.

"잘 치는데."

1루 베이스 위에 올라선 채 기뻐하는 용덕수를 보며 흐뭇한 웃음을 짓던 이철승이 코치를 향해 말했다.

"네?"

"잘 친다고."

"네."

"아까 수비는 곧잘 하지만, 공격력이 젬병이라 하지 않았나?"

"스카우터의 평가는 분명히 그랬는데……."

"그럼 둘 중 하나겠군. 우리 팀 스카우터의 선수 보는 눈이 형편없거나, 그사이에 용덕수의 공격력이 갑자기 좋아졌거나. 어쨌든 잘 챙겨줘."

"뭘 말입니까?"

"공."

"……?"

"1군에서 때린 첫 안타거든."

용덕수는 분명히 상대 팀인 마경 스왈로우스 소속 선수였다. 그렇지만 이철승은 자꾸 챙겨주고 싶었다.

'보기 좋아서?'

육성 선수 출신으로 첫 1군 무대 출전에도 전혀 주눅 들지 않고 기어이 안타를 때려내며 기뻐하는 용덕수의 열정이 보기 좋은 것은 분명 사실이었다.

그렇지만 이철승이 이렇게 신경을 쓰는 이유는 그게 다가 아니었다.

'손해… 일까?'

단 한 경기.

그것도 아직 경기가 끝난 상황이 아니었다.

그렇지만 마경 스왈로우스의 3루수로 경기에 나선 김태식과 포수인 용덕수는 이철승의 마음을 빼앗았을 정도로 훌륭한 플레이를 펼치고 있었다.

어느새 트레이드 카드를 고심하고 있는 자신을 발견한 이철승이 흠칫 놀랐다.

'너무 서두르면 안 돼!'

급할수록 돌아가란 말이 괜히 있는 것이 아니었다.

현재 심원 패롯스가 처해 있는 상황이 어려운 것은 부인할 수 없는 사실이고, 그로 인해 자꾸 초조해지는 것도 사실이다.

그렇지만 트레이드는 함부로 하는 것이 아니다.

지금처럼 너무 서두르다가는 손해를 볼 확률이 높았다.

자칫 잘못하면 수준급 선발투수를 내주는 대신에 퇴물 취급을 받는 노장 선수와 아직 검증이 전혀 되지 않은 육성 선수라는 짐덩이들을 품에 끌어안는 최악의 결과를 초래할 수 있다.

해서 초조한 마음을 달래기 위해 애쓰고 있던 이철승의 시선이 다시 그라운드로 향했다.

1사 만루!

그사이, 그라운드는 요동치고 있었다.

지친 걸까? 아니면, 생짜 신인이나 다름없는 용덕수에게 안타를 허용하고 멘탈이 흔들린 걸까?

양동주는 아웃 카운트 하나를 잡아내긴 했지만, 연속 볼넷을 허용해 1사 만루의 위기를 자초했다.

"투수 교체를 하는 게 어떨까요?"

투수 코치가 다가와 의견을 개진했지만, 이철승은 고개를 흔들었다.

선발투수인 양동주의 투구 수는 92개.

아직 힘이 남아 있었다.

비록 2실점을 허용하긴 했지만, 1회 말 이후로 큰 위기가 전혀 없었을 정도로 구위나 제구가 괜찮은 편이었다.

게다가 1사 만루 상황에서 타석에 들어서는 것은 마경 스왈로우스의 4번 타자인 최원우였다.

주자 만루 시 통산 타율이 1할대 초반일 정도로 최원우는 만루 찬스에 약했고, 양동주와의 상대 전적도 12타수 2안타로 약한 편이었다.

"좀 더 지켜보자고."

양동주로 밀어붙이기로 결심을 굳힌 이철승이 그라운드를 응시했다.

타석에 들어선 최원우의 타격 자세를 확인한 이철승은 자신의 판단이 틀리지 않았음을 직감했다.

무게중심을 최대한 뒤로 하고 있는 최원우의 타격 자세는 큰 것을 노리고 있다는 것을 알려주고 있었다.

저렇게 무게중심이 뒤로 쏠려 있는 상황에서는 유인구에 쉽게 속을 수밖에 없었다. 그리고 이철승은 그 약점을 공략했다.

현재 심원 패롯스의 포수 마스크를 쓰고 있는 것은 최철우.

강만호라면 굳이 벤치에서 지시를 내리지 않더라도 최원우의 약점을 간파하고 노련하게 투수 리드를 하겠지만, 최철우는 아직 불안했다.

해서 이철승은 더그아웃에서 직접 사인을 지시했다.

'딸려 나왔다!'

이철승의 지시는 적중했다.

부우웅!

최원우는 홈 플레이트 앞에서 뚝 떨어지는 싱커에 잇따라 헛스윙을 했다.

노 볼 투 스트라이크로 볼카운트가 몰린 상황임에도 최원우는 여전히 타격 자세를 바꾸지 않고 있었다.

그것을 확인한 이철승이 또 한 번 싱커를 던지라고 지시했다.

부우웅!

어김없이 최원우의 방망이가 끌려 나온 순간, 이철승은 환호하는 대신 혀를 끌끌 찼다.

삼구 삼진.

1사 만루의 절호의 찬스에서 타석에 들어선 최원우는 강상문 감독과 팬들의 기대에 전혀 부응하지 못하고 맥없이 삼진으로 물러났다.

팀의 4번 타자이자, 프랜차이즈 스타로서 실망스럽기 짝이 없는 모습.

"생각이 없어, 생각이."

경기 후반에 접어든 시점에 1점차의 리드.

이 시점에서 추가점은 무척 의미가 컸다.

마경 스왈로우스의 필승조가 과부하에 걸리면서 최근 난조를 보이고 있는 것을 감안하면 더욱 그랬다.

그런 만큼 최원우는 무게중심을 앞으로 당긴 채 추가점을 올릴 수 있도록 희생플라이를 노렸어야 옳았다.

그렇지만 최원우는 스타 의식에 젖어 영웅이 되기 위해 큰 것 한 방만 노리다가 맥없이 물러났다.

"강상문 감독도 고민이 많겠어!"

절호의 득점 찬스에서 삼구 삼진을 당했음에도 고개를 빳빳하게 들고 더그아웃으로 걸어 돌아가는 최원우의 뒷모습을 바라보던 이철승이 혀를 끌끌 차며 말했다.

현재 마경 스왈로우스 팀의 간판타자이자 프랜차이즈 스타인 최원우는 애물단지나 다름없었다.

어렵게 만든 찬스를 4번 타자인 최원우가 번번이 날려먹으니, 공격의 맥이 끊길 수밖에 없었다.

그렇지만 강상문 감독이 최원우의 타순을 바꾸거나, 라인업에서 제외하는 과감한 선택을 내리기도 어려웠다.

마경 스왈로우스 팀 내에서 최원우가 갖고 있는 상징성이나 영향력이 워낙 컸기 때문이다.

"지금 남 걱정을 할 때가 아니지."

이철승이 고개를 절레절레 흔들었다.

그래도 강상문 감독이 이끌고 있는 마경 스왈로우스의 현재 순위는 8위였다.

리그 하위권이라는 것은 마찬가지였지만, 자신이 이끌고 있는 심원 패롯스에 비해 순위가 한 단계 더 높았다.

"내 앞가림부터 해야지."

2사 만루로 바뀐 상황에서 타석으로 들어서는 김태식을 바라보는 이철승의 눈빛이 깊어졌다.

*   *   *

'승부처!'

경기에는 흐름이 있었다.

2 : 1.

한 점차로 마경 스왈로우스가 앞서 나가고 있었지만, 오히려 분위기는 심원 패롯스에게 쫓기는 형국이었다.

만약 이번 찬스를 허무하게 놓친다면 경기의 흐름상 동점, 내지, 역전을 허용할 가능성이 높았다.

"어떻게든 추가점을 올려야 해!"

각오를 다지듯 작게 혼잣말을 중얼거린 태식이 타석으로 들어서기 전 심원 패롯스의 더그아웃 쪽으로 시선을 던졌다.

마치 당연하다는 듯이 자신에게로 향해 있는 이철승 감독의 강렬한 시선을 확인하고는 희미하게 웃었다.

'무대는 마련된 셈이로군!'

이철승 감독의 호기심을 끌어내는 데는 이미 성공한 상태였다.

이제 이철승 감독에게 무척 강렬한 인상을 심어주어야 한다는 숙제만 남아 있었다. 그리고 이번 타석은 그 숙제를 해결할 절호의 기회였다.

'이번 수 싸움은 중요해!'

타격 준비를 하던 태식이 두 눈을 빛냈다.

타석에 설 때마다 매번 수 싸움을 펼쳤다. 그렇지만 이번 타석에서의 수 싸움은 분명히 다른 부분이 존재했다.

뇌진탕을 당한 주전 포수 강만호를 대신해 포수 마스크를 쓰고 있는 최철우에 대한 믿음이 없어서일까?

이철승 감독은 승부처가 되자 직접 볼 배합을 지시하기 시작했다.

즉, 이전 세 타석에서 펼쳤던 수 싸움이 투수와 포수로 이루어지는 배터리와의 대결이었다면, 이번 타석에서의 수 싸움은 심원 패럿스의 감독인 이철승과의 대결이라는 것이 다른 점이었다.

'어떻게 승부할까?'

더그아웃 감독석에 앉아서 고민에 잠긴 이철승 감독을 힐끗 살핀 태식이 수 싸움에 집중하기 시작했다.

자신에 대한 정보가 없는 것은 이철승 감독도 마찬가지였다.

그 점을 감안하면 이철승 감독이 선택할 볼 배합은 이전 타석에서 태식이 보여주었던 타격에 기초해서 전략을 짤 것이 틀림없었다.

'직구는 배제한다!'

지난 경기에서 끝내기 홈런을 날렸을 때, 태식이 노려 친 구종은 직구였다.

비록 코스가 좋지 않아서 범타가 되긴 했지만, 오늘 경기에서 가장 잘 맞았던 세 번째 타석의 타구도 직구를 노려 쳤던 것이다.

그 사실을 인지하고 있는 이철승 감독이 직구를 선택할 확률은 낮았다.

싱커와 슬라이더를 포함한 유인구 위주의 볼 배합을 가져갈 확률이 높다고 판단한 태식이 평소에 비해 타석에서 반 보 뒤로 물러났다.

타석에서 무게중심을 뒤로 가져가서 유인구를 끝까지 관찰하기 위함이었다.

슈아악!

양동주가 이를 악물고 던진 초구는 태식의 예상대로 유인구였다.

홈 플레이트 근처에서 갑자기 뚝 떨어지는 포크볼.

유인구가 들어올 것을 예상했던 태식이 배트를 내밀지 않고 끝까지 참아내며 볼로 선언됐다.

원 볼 노 스트라이크.

헛스윙을 끌어내거나 내야 땅볼을 유도해 내지 못한 결과에 실망한 탓일까.

이철승 감독이 콧등을 찡그리고 있는 것을 살핀 태식이 다시 투수와의 승부에 집중했다.

'2구 역시 유인구!'

슬라이더, 혹은 싱커가 들어올 것이라는 확신을 가진 채 잔

뚝 웅크리고 있던 태식이 두 눈을 치켜떴다.

슈아악!

자신의 예상이 빗나갔기 때문이다.

양동주가 던진 2구는 유인구가 아니라 직구였다.

그것도 과감한 몸 쪽 직구.

의표를 완벽하게 찔려 버린 탓에 태식은 방망이를 휘두를 엄두도 내지 못한 채 움찔하기만 했다.

"이건 몰랐지?"

이철승 감독의 미소 띤 얼굴은 꼭 이렇게 말하고 있는 것 같았다.

'당했다!'

이철승 감독과의 수 싸움에서 밀린 순간, 태식의 머릿속이 복잡하게 헝클어졌다.

수 싸움에서 가장 중요한 것은 허를 찌르는 것이다.

배터리는 타자가 노리는 공을 간파해 볼 배합을 반대로 가져가려 하고, 타자는 그 반대라고 할 수 있었다.

방금 태식은 상대 배터리에게 허를 찔렸다. 아니, 좀 더 정확히 말하면 이철승 감독에게 허를 찔린 것이다.

'대비해야 할 공이 늘어났어!'

직구를 배제했던 아까와는 달랐다.

이철승 감독이 방금 직구를 보여줌으로써 더 이상 직구를 배제할 수 없었다.

다양한 유인구에 직구까지.

대비해야 할 가짓수가 늘어난 순간, 혼란이 더해졌다.

태식이 헝클어져 버린 머릿속을 미처 정리하기도 전에, 양동주가 와인드업을 마치고 공을 던졌다.

슈아악!

부우웅!

직구라 판단하고 배트를 내밀던 태식이 홈 플레이트 근처에서 갑자기 바깥쪽으로 휘어지는 공을 확인하고 배트를 멈추었다.

'스윙 인정?'

"볼!"

주심이 스윙이 아니라고 판단한 순간, 태식이 안도의 한숨을 내쉬었다.

반면 투수인 양동주와 이철승 감독의 얼굴에는 아쉬운 기색이 역력했고.

"자, 다음엔 어떤 볼 배합을 가져갈 것 같으냐?"

이내 아쉬운 기색을 털어버린 이철승 감독의 표정은 무척 진중했다.

오롯이 승부에 집중하고 있는 이철승 감독을 확인한 순간,

태식의 머릿속에 하나의 단어가 스치고 지나갔다.

'시험!'

지금 이 순간이 이철승 감독이 마련한 시험처럼 느껴졌다. 그리고 이철승 감독은 신중한 편이었다.

굳이 소비자로 비유하자면, 브랜드나 매스컴의 홍보, 구매 후기 등에 휘둘리지 않고 물건을 직접 꼼꼼히 살펴보고 구매 여부를 결정하는 타입이랄까.

그래서 이번 시험이 중요했다.

이 시험을 통과해야만 그토록 바라 마지않던 트레이드가 성사될 것임을 직감한 태식이 두 눈을 빛냈다.

"이게 시험이라면… 난 무조건 합격해야 한다. 그리고 기적이 벌어진 나를, 또 내가 가진 경험을 믿자!"

툭!

각오를 다지며 헬멧을 주먹으로 두드린 태식이 타격을 준비하며 다시 대결이 이어졌다.

슈아악!

딱!

4구째로 들어온 공이 직구임을 확인한 태식이 배트를 휘둘렀지만, 배트가 직구의 구속을 따라가지 못했다.

'또 직구를 던졌다?'

태식이 속으로 혀를 내둘렀다.

147㎞.

전광판에 찍힌 구속이었다.

양동주가 오늘 경기에서 기록한 최고 구속.

그 역시 이번 대결이 오늘 경기의 승부처임을 직감하고 전력투구를 하고 있는 것이다.

'왜 배트가 밀렸지?'

파울이 된 타구를 확인한 태식이 고개를 갸웃했다.

피칭머신을 상대로 150㎞의 구속을 기록한 공에도 배트 스피드가 밀리지 않았던 태식이다.

그런데 지금은 147㎞의 직구에 배트가 밀렸다.

그 이유에 대해 고심하던 태식은 머잖아 답을 찾아냈다.

직구가 들어올 것이라는 확신을 가지지 못한 탓에 배트를 휘두르기 시작한 타이밍이 늦었기 때문이다.

'확실히… 달라!'

연습장에서 피칭머신을 상대할 때와 실전에서 투수를 상대할 때의 차이점이 바로 이것이었다.

직구가 들어온다는 것을 알고 스윙을 할 때와 어떤 구종이 들어올지 알지 못하기에 모든 구종에 대비해야 하는 지금의 스윙은 다를 수밖에 없었다.

'이대로라면 계속 끌려다닐 수밖에 없다!'

다음 볼 배합을 위해서 고민에 잠긴 이철승 감독을 태식이 다시 바라보았다.

그의 머릿속을 읽고 싶었다.

그래서 어떤 공을 던질 계획인지 알아내고 싶었다.

그러나 아무런 표정도 떠올라 있지 않은 이철승 감독의 얼굴을 통해서는 아무것도 알아낼 수가 없었다.

'내가 주도해야 돼!'

승부처임을 팬들도 알아챘을까.

쥐 죽은 듯이 고요하게 변한 그라운드 위에 서 있던 태식이 문득 떠올린 생각이었다.

투 볼 투 스트라이크.

현재의 볼카운트였다.

타자가 아닌 투수에게 유리한 볼카운트.

지금까지 태식이 줄곧 이철승 감독과의 대결에서 끌려다니고 있는 이유는 볼카운트가 불리하기 때문이었다.

'일단 해답은 찾았어!'

슈아악!

양동주가 5구째 공을 던진 순간, 태식이 배트를 움켜쥔 양손에 힘을 더했다.

마음의 여유를 찾은 덕분일까?

양동주가 던지는 공이 눈에 익기 시작했다.

'커브!'

스트라이크존을 통과하는 바깥쪽 커브임을 알아챈 태식이 배트를 가볍게 내밀었다.

딱!

커트가 된 타구는 더그아웃 쪽으로 굴러가는 파울이 됐다.

그리고 6구.

양동주가 던진 싱커는 스트라이크존을 통과할 것처럼 보이다가 뚝 떨어지는 훌륭한 유인구였다. 그러나 태식이 잘 참아내며 볼카운트가 바뀌었다.

풀카운트.

단지 볼 하나가 늘었을 뿐이지만, 투 볼 투 스트라이크 때와는 상황이 아주 많이 달라졌다.

2사 주자 만루!

이제는 볼넷으로 밀어내기 득점의 가능성도 생긴 상황이었다.

투수가 아닌 타자에게 절대적으로 유리해진 볼카운트가 된 순간, 태식이 속으로 쾌재를 불렀다.

방금 유인구로 들어온 싱커를 잘 참아낸 덕분에 이제 대결의 주도권은 이철승 감독에게서 태식에게로 넘어온 상황이다.

'유인구는 쉽게 던지지 못한다!'

경기 후반부의 1점은 컸다.

자칫 잘못해서 밀어내기 볼넷으로 1점을 더 허용한다면, 경기 패배를 확정하는 쐐기점이 될 확률이 높았다.

즉, 이철승 감독은 스트라이크존을 벗어나는 유인구를 던지기 힘들다는 계산이 섰다.

'이제 주도권은 내가 쥐고 있다!'

배트를 고쳐 쥔 태식이 다시 대결에 집중하기 시작했다.

틱. 딱!

7구는 커브, 8구는 슬라이더.

태식의 예상대로였다.

각기 다른 구종이었지만, 양동주가 풀카운트에서 던진 두 개의 공은 모두 스트라이크존을 통과했다.

태식은 그 공을 노련하게 커트해 냈다.

'직구!'

태식이 노리고 있는 공은 직구.

계속 커트가 되자 답답한 표정을 짓던 양동주가 더그아웃 쪽으로 고개를 돌리는 것이 보였다.

슈아악!

이제 직구가 들어올 것을 확신한 채 기다리고 있던 태식이 망설이지 않고 힘차게 배트를 휘둘렀다.

따악!

아까와는 달랐다.

양동주가 던진 회심의 직구는 146㎞의 구속을 기록했지만,

태식이 휘두른 방망이는 전혀 밀리지 않았다.

'합격… 이다!'

정확한 타이밍에 배트 중심에 걸린 타구가 총알처럼 우중간 코스로 날아갔다.

1루를 향해 달리던 태식이 우중간을 꿰뚫은 타구를 확인하고 주먹을 불끈 움켜쥐며 속으로 소리쳤다.

*   *   *

5연패 후 3연승.

마경 스왈로우스는 분위기 반전에 성공했다. 그리고 마경 스왈로우스가 3연승을 달리는 동안, 주인공은 김태식이었다.

10타수 5안타!

대타로 나선 것을 포함해서 지난 3경기에서 김태식이 남긴 타석에서의 기록이었다.

5할의 타율도 훌륭했지만, 더 주목해야 할 것은 타점이었다.

심원 패롯스와의 3연전 가운데 두 경기에서 중심 타선에 포진했던 김태식은 자신에게 찾아온 찬스를 그냥 흘려보내지 않았다.

끝내기 홈런을 포함해 무려 7타점을 올렸고, 더 놀라운 것은 그 타점들이 모두 팀에 승리를 안기는 결승 타점들이었다는 점이다.

"내가 그랬잖아요. 난세에 등장한 영웅이 맞다고."

김태식의 맹활약 덕분에 송나영의 어깨에도 잔뜩 힘이 들어갔다.

큰소리치는 송나영에게 유인수는 더 이상 의심이 묻어나는 시선을 던지지 않았다.

대신 엄지를 척 들어 올리며 송나영의 촉을 칭찬했다.

인터뷰를 위해서 숙소 앞에서 자신을 기다리고 있는 김태식을 발견한 송나영이 서둘러 뛰어갔다.

"귀한 시간 내주셔서 감사합니다."

인터뷰를 시작하기에 앞서 생긋 웃으며 인사를 건네던 송나영이 김태식의 얼굴을 빤히 바라보았다.

'헐, 피부가 나보다 더 좋네.'

가까이서 김태식을 본 것은 처음이었다. 그리고 직접 만난 김태식은 멀리서 찍은 사진으로 접했을 때와는 또 달랐다.

서른일곱.

김태식의 현재 나이였다.

그런데 가까이서 직접 본 김태식은 서른일곱이란 프로필상 나이가 믿기지 않을 정도로 동안이었다.

그게 다가 아니었다.

군살이라곤 찾아볼 수 없는 슬림하면서도 단단한 근육질의 몸매는 눈길을 잡아끌기에 충분했고, 잡티 하나 찾아보기 힘든 피부는 말 그대로 백옥이었다.

'자존심 상하네!'

송나영의 나이는 스물아홉.

나름대로 피부 관리를 꾸준히 했음에도 불구하고 서른일곱이나 먹은 남자인 김태식보다 피부가 안 좋다는 사실이 송나영의 자존심을 구겨지게 만들었다.

'야구 선수가 이렇게 피부가 좋아도 돼?'

질시 어린 송나영의 시선은 이내 부러움으로 바뀌었다.

결국 참지 못하고 송나영이 질문을 꺼냈다.

"이건 인터뷰 내용은 아니고. 그냥 사적인 질문 하나만 해도 될까요?"

"어떤 질문이죠?"

"피부가 어떻게 그렇게 좋으세요?"

그 질문을 받은 김태식이 픽 하고 실소를 터뜨렸다.

순간, 송나영의 가슴이 쿵쾅거리기 시작했다.

'와, 이건 진짜 반칙 아냐? 야구 선수가 이렇게 잘생겨도 돼?'

가만히 서 있어도 잘생긴 김태식이었지만, 하얀 치아를 드러내며 씩 웃으니 더욱 잘생겨 보였다.

말 그대로 연예인 뺨 칠 정도의 미남이었다.

"딱히 비결은 없습니다."

"일부러 안 알려주시는 거 아니에요?"

"그저 꾸준히 관리를 하고 있습니다."

"꾸준한 관리……."

무심코 수첩에 받아 적던 송나영의 귀에 김태식이 덧붙인 말이 들어왔다.

"사람의 몸과 마찬가지로 피부도 한 번 망가지면 되돌릴 수 없습니다. 그 전에 관리를 해줘야 합니다."

지당한 말씀이었다.

수첩에 꼼꼼히 받아 적던 송나영이 머리를 긁적였다.

'이거 꼭 연예부 기자가 된 느낌이네.'

송나영은 스포츠부 기자!

해서 지금 김태식과 나누고 있는 대화 내용이 무척 낯설었다.

미모의 여배우와의 인터뷰에서 등장할 법한 대화 내용이었기 때문이다.

그래서 송나영이 픽 웃었을 때, 김태식이 빤히 보며 입을 뗐다.

"웃으니까 더 미인이시네요."

"어머, 몰랐는데 사람 보는 눈이 있으시네요. 김태식 선수의 선구안이 좋았던 데는 다 이유가 있던 거였어요."

"하하. 그게 또 그렇게 연결되나요? 하여간 오늘 인터뷰 잘
부탁드립니다."

"오히려 제가 드릴 부탁인 걸요."

"솔직히 말하면 조금 떨립니다."

"왜요? 설마……."

"……?"

"제가 너무 미인이라서요?"

"그 이유도 아주 없진 않지만, 워낙 오래간만의 인터뷰라서
요."

너무 오버했다는 생각에 살짝 얼굴이 상기된 송나영이 서
둘러 덧붙였다.

"저한테 맡겨두세요. 그럼 난세에 등장한 영웅인 김태식 선
수와의 인터뷰를 본격적으로 시작해 볼까요?"

"난세에 등장한 영웅이요?"

"제가 김태식 선수를 소개할 때 붙인 표현인데. 왜요? 마음
에 안 드세요?"

"아니요. 아주 마음에 듭니다."

"그렇죠?"

왠지 느낌이 좋았다.

호흡이 척척 맞는 느낌이랄까.

해서 살짝 들뜬 송나영이 첫 번째 질문을 던졌다.

"요즘 재기의 신호탄을 멋지게 쏘아 올리고 있는데요. 최근 보여주시는 맹활약의 비결은 무엇인가요?"

그 질문을 받은 김태식이 망설이지 않고 대답했다.

"다시 태어났기 때문입니다."

"네?"

쉽게 이해가 가지 않는 대답.

그래서 송나영이 의아한 표정을 짓고 있을 때, 김태식이 한 마디를 덧붙였다.

"절반쯤."

4. 밀당

스포츠 신문을 펼친 태식이 희미한 웃음을 머금었다.

비록 1면은 아니었지만, 3면 지면의 절반을 차지할 정도로 자신의 인터뷰는 큼지막하게 실려 있었다.

"저 믿어도 됩니다. 김태식 선수에게 올인했거든요. 어떻게 표현하면 좋을까? 그래요, 같은 배를 탄 운명 공동체라고 표현하면 되겠네요."

나이를 먹으며 야구 경험뿐만 아니라 사회 경험도 쌓여서일까?

얼굴을 마주하고 몇 마디 대화를 나누다 보면 상대방에 대해서 어느 정도 파악하는 것이 가능했다.

송나영은 속내를 감추고 접근하는 타입이 아니었다.

솔직하고 담백하게 다가온 송나영은 믿을 수 있는 유형의 사람이었다.

덕분에 오래간만의 인터뷰였던 터라 떨리던 마음도 이내 가라앉았고, 태식도 성심성의껏 인터뷰에 응할 수 있었다.

"형, 신문 봤어요?"

태식의 인터뷰가 실린 스포츠 신문을 손에 들고 호들갑을 떨며 다가왔던 용덕수가 두 눈을 빛냈다.

"어, 벌써 보고 계셨네요."

"어때?"

"죽이는데요."

"응?"

"말발이 죽여요. 죽여."

"무슨 소리야?"

"이 표현 죽이잖아요."

용덕수가 손으로 신문지면을 가리키며 덧붙였다.

"김태식 선수의 앞으로의 목표는 무엇입니까? 이 질문에 형이 했던 대답 말이에요. 야구 선수로 남은 시간 동안, 야구를 행복하게 하고 싶습니다. 이 대답, 뭔가 시적이면서도 심오한 느낌이 들잖아요."

용덕수의 이야기를 듣던 태식이 실소를 머금었다.

그냥 솔직하게 대답했던 것뿐이다.

인터뷰를 하는 도중에 문득 돌이켜 보니 저니맨의 대명사로 살아온 태식의 야구 인생에 행복했던 기억은 별로 남아 있지 않았다.

해서 이제는 남은 시간 동안 즐겁게, 또 행복하게 야구를 하고 싶다는 생각이 들어서 꺼낸 대답이었다.

진심을 담은 말에는 힘이 있었다.

지금 용덕수가 보이고 있는 격렬한 반응이 그 증거였다.

자신의 인터뷰가 실려 있는 신문 지면을 물끄러미 내려다보고 있던 태식이 송나영을 떠올렸다.

"그러니까 몇 경기 반짝하고 잠수 타면 안 돼요. 만약 잠수 타면 내가 미저리처럼 쫓아다닐 거예요."

협박 아닌 협박을 하던 송나영을 떠올린 태식이 작게 혼잣말을 꺼냈다.

"실망했겠네."

"네?"

"인터뷰를 했던 여기자 말이야."

"여기자였어요?"

"그래."

"예뻤어요?"

두 눈을 반짝이면서 다짜고짜 예쁘냐는 질문을 던지는 용덕수를 보며 태식이 고개를 절레절레 흔들었다.

그렇지만 용덕수를 탓하기도 어려웠다.

혈기 왕성한 이십 대 초반의 남자인 용덕수가 여자에게 관심이 있는 것은 당연한 일이었기 때문이다.

"덕수야."

"네."

"여자 조심해라."

"네?"

"특히 예쁜 여자는 더 조심해야 해."

"예쁜 여자는 더 좋아해야 하는 것 아닙니까?"

"좋아하는 건 상관없지만, 중심을 잘 잡아야 해."

"중심이요?"

"야구 선수에게는 야구가 우선이어야 한다."

용덕수에게 충고를 건네던 태식이 쓴웃음을 머금었다.

'내게 이런 충고를 건넬 자격이 있나?'

문득 그런 생각이 들었다.

예전의 태식은 방금 자신이 꺼냈던 충고대로 행하지 못했다.

지금의 용덕수와 마찬가지로 혈기 왕성하던 시절, 야구와 사랑 사이에서 중심을 제대로 잡지 못하고 흔들렸다.

그로 인해 더욱 깊은 부진의 늪에 빠졌었고.

"명심하겠습니다. 그런데 아까 그 말씀은 무슨 뜻이에요?"

용덕수의 질문 덕분에 간신히 상념에서 깨어난 태식이 의아한 시선을 던졌다.

"어떤 말?"

"여기자 분이 실망했을 거라고 하셨잖아요."

"아, 그거."

그제야 질문을 이해한 태식이 웃으며 대답했다.

"우리가 오늘 경기에 나서지 않으니까."

"네? 그게 무슨 말씀이세요?"

의아한 표정을 감추지 못하는 용덕수에게 태식이 설명을 보탰다.

"오늘 경기 선발 라인업에서 우리가 빠졌다고."

"왜요?"

"감독님의 선택이니까."

"그러니까 대체 왜요? 딱 까놓고 말해서 저야 그럴 수 있다고 해도 형이 왜 선발 라인업에서 빠지는 건데요? 최근 세 경기에서 팀이 승리를 거둔 게 누구 덕이에요? 전부 형이 활약한 덕분에 이긴 거잖아요. 그런데 어떻게 형을 오늘 경기의 선발 라인업에서 뺄 수가 있어요?"

흥분한 용덕수가 언성을 높였다.

어쩌면 당연한 반응.

용덕수의 말처럼 태식은 마경 스왈로우스가 3연승을 거둔 지난 세 경기에서 모두 결정적인 활약을 펼쳤다.

5할 타율에 7타점.

겉으로 드러난 수치만 훌륭한 것이 아니었다.

태식이 지난 세 경기에서 올렸던 7타점은 모두 팀의 승리를 결정짓는 알토란 같은 타점들이었다.

'성공했지!'

진수성찬처럼 자신의 앞에 차려진 찬스를 놓치지 않는 해결사 본능.

태식이 경기에 나서서 보여주고 싶은 부분이었다.

심원 패롯스와의 두 경기에서 태식은 해결사 본능을 뽐내며 마경 스왈로우스의 감독인 강상문은 물론, 심원 패롯스의 감독인 이철승에게도 강렬한 인상을 남기는 데 성공했다.

그렇게 맹활약을 펼쳤음에도 자신이 심원 패롯스와의 3연전 마지막 경기의 선발 라인업에서 빠진다는 사실을 전해 듣고 용덕수는 입에서 침을 튀겨가면서 이런 결정을 내린 강상문 감독에게 불만을 토로하는 것이었다.

"감독님의 결정이 아냐."

"그럼요?"

"내가 요청한 거야."

"그게 무슨 말씀이세요? 혹시……."

"혹시 뭐?"

"부상이라도 당하신 겁니까?"

"아냐, 보다시피 컨디션은 최상이야."

"그런데 왜?"

"쇼케이스는 이제 끝났거든."

"쇼케이스가… 끝났다고요?"

"말 그대로 쇼케이스니까."

여전히 제대로 이해가 가지 않는다는 표정을 짓고 있는 용덕수에게 태식이 씩 웃으며 덧붙였다.

"쇼케이스에서 우리가 가진 걸 다 보여줄 필요는 없잖아."

*　　　　*　　　　*

10타수 5안타, 7타점.

김태식이 지난 두 경기에서 남긴 기록이었다.

7타수 2안타, 볼넷 두 개.

용덕수가 지난 두 경기에서 남긴 기록이었다.

"좋아. 분명히 좋은데……."

이철승이 고민에 잠긴 채 까칠한 수염이 돋아 있는 턱을 손으로 매만졌다.

지난 2경기에서 김태식이 보여준 활약은 분명히 훌륭했다.

특히 루상에 주자가 나가 있는 찬스 상황에서 타석에서 보여준 해결사 능력은 강렬한 인상을 남겼다.

마경 스왈로우스의 팬들에게까지 공감표란 비난을 받고 있는 최원우의 다음 타순에 배치된 덕분에, 찬스를 놓치지 않는 김태식의 모습은 더욱 강렬하게 느껴졌다.

용덕수의 활약도 이철승의 기대 이상이었다.

비록 안타는 두 개에 불과했지만 타구의 질이 나쁘지 않았다.

타석에서 전혀 주눅 들지 않고 신인답지 않게 자신 있는 스윙을 하는 것도 무척 인상적이었고.

이게 다가 아니었다.

용덕수는 지난 두 경기에서 볼넷을 두 개나 얻어냈을 정도로 선구안도 나쁘지 않았다.

"3연전 첫 경기에서 김태식 앞에 만루 찬스가 만들어진 것도 용덕수가 끈질긴 승부 끝에 볼넷을 얻어냈던 것이 시발점이었지."

용덕수에 대해서 공격력이 젬병이란 스카우터의 표현이 틀렸다는 것을 이철승은 자신의 눈으로 직접 확인했다.

만약 용덕수를 영입하는 데 성공한다면, 적어도 지금처럼 최철우 타순에서 공격의 맥이 끊어지지는 않을 것이란 생각도 들었다.

"물론 아직 검증이 더 필요하긴 하지만."

김태식과 용덕수가 지난 두 경기에서 보여준 활약은 이철승을 만족시키기에 충분했다. 그렇지만 트레이드는 쉽지 않았다.

성공에 대한 확신을 갖고 트레이드를 진행하기에는 표본이 너무 적었다.

그래서 좀 더 두 선수를 예의 주시하기로 결심했는데.

"선발 라인업에서… 빠졌다?"

경기를 앞두고 강상문 감독이 작성한 마경 스왈로우스의 선발 라인업을 확인한 이철승이 눈살을 찌푸렸다.

당연히 오늘 경기에 출전할 것이라 예상했던 김태식과 용덕수가 선발 라인업에서 제외되어 있었기 때문이다.

"왜?"

이철승이 눈살을 찌푸린 채 맞은편 더그아웃에 앉아 있는 강상문 감독을 살폈다.

3연전 마지막 경기를 앞두고 있는 강상문 감독의 선수 기용은 분명히 이해하기 어려운 면이 있었다.

5연패 후의 3연승.

연패에서 탈출하자마자 연승 가도를 달리고 있는 마경 스왈로우스의 최근 분위기는 좋았다. 그리고 연승을 달리며 팀 분위기가 좋을 때는 선발 라인업을 교체하지 않는 것이 일반적이었다.

그런데 강상문 감독의 선택은 일반적이지 않았다.

3연승을 달리는 동안 눈부신 활약을 펼쳤던 김태식과 용덕수를 동시에 선발 라인업에서 제외하는 결정을 내렸다.

"혹시?"

이철승의 눈살이 더욱 찌푸려졌다.

그런 그의 머릿속에 떠오른 단어는 두 가지였다.

'밀당', 그리고 '미리 보기'.

'밀당'은 밀고 당기기의 줄임말로 주로 연애를 하는 남녀 사이에 사용되는 용어였다. 그렇지만 이철승은 강상문 감독이 두 선수를 선발 라인업에서 제외한 것을 확인한 순간, 밀당이란 단어를 우선 떠올렸다.

"제가 가지고 있는 패는 이미 내보였습니다. 이제 칼자루를 이 감독님에게 돌려드리겠습니다."

요즘 말로 썸을 타는 청춘 남녀 사이처럼, 강상문 감독은 지금 자신과 밀당을 시도하고 있었다.

그리고 이철승이 떠올린 또 하나의 단어는 '미리 보기'였다.

미리 보기는 주로 방송가에서 사용하는 용어.

방송의 내용을 모두 보여주지 않고, 방송의 초반 부분만 먼저 볼 수 있도록 하는 재생 방식이었다.

미리 보기를 보고 나서 흥미가 생기면, 돈을 내고 방송 콘텐츠를 구매하도록 유도하기 위해 만들어진 시스템이기도 했고.

"미리 보기는 이제 끝났습니다."

점퍼 주머니에 양손을 꽂은 채 무표정한 얼굴로 감독석에 앉아 있는 강상문 감독은 이렇게 이야기하는 것처럼 느껴졌다.

그런 강상문을 원망스레 바라보며 이철승이 작게 혼잣말을 꺼냈다.

"미리 보기가… 너무 짧지 않소?"

아까도 말했듯이 김태식과 용덕수에 대해서 확신을 갖기에는 표본이 너무 적었다. 그래서 오늘 경기에서 김태식과 용덕수를 유심히 살필 계획이었는데.

강상문 감독이 김태식과 용덕수를 동시에 선발 라인업에서 제외해 버린 바람에 그 계획이 틀어져 버린 셈이었다.

"아쉽군."

김태식과 용덕수가 오늘 경기에 출전하지 않는다는 사실을 알게 된 순간, 맥이 탁 풀린 이철승의 머릿속이 복잡하게 헝클어졌다.

　　　　　　*　　　　　*　　　　　*

0 : 1.

8회가 끝났을 때의 스코어였다.

얼핏 살피기에는 팽팽한 투수전이 벌어진 것처럼 보이는 스코어였지만, 실상은 달랐다.

양 팀이 워낙 빈공에 허덕인 탓에 팽팽한 투수전이 펼쳐지고 있는 것처럼 착각이 들 뿐이었다.

긴장감은 전혀 찾아볼 수 없는 루즈한 분위기 속에 펼쳐지고 있는 경기를 더그아웃에서 지켜보고 있던 태식이 맞은편 더그아웃 쪽으로 고개를 돌렸다.

우연일까?

마침 자신을 바라보고 있던 이철승 감독과 시선이 부딪혔다.

못마땅한 표정을 지은 채 골몰히 생각에 잠겨 있는 이철승 감독을 확인한 순간, 태식이 희미한 웃음을 머금었다.

불안한 1점차의 리드 상황.

자칫 잘못하면 역전을 당해서 스윕을 당할 위기임에도 불구하고, 이철승 감독은 그라운드에서 펼쳐지고 있는 경기에 관심을 기울이고 있지 않았다.

마지막 이닝이 진행되고 있는 그라운드가 아닌, 더그아웃에 앉아 있는 자신을 바라보고 있는 이철승의 시선이 그가 경기에 집중하지 못하고 있다는 증거였다.

자신에게로 향해 있던 이철승 감독의 시선이 감독석에 앉아 있는 강상문 감독에게로 향했다.

그런 이철승 감독의 시선에 못내 원망이 묻어 있는 것을 확인한 태식이 작게 혼잣말을 꺼냈다.

"죄송합니다."

심원 패롯스와의 3연전 마지막 경기를 앞두고 자신과 용덕수가 선발 라인업에서 빠진 것은 강상문 감독의 결단이 아니었다.

태식이 강상문 감독에게 부탁을 했기 때문에 선발 라인업에서 제외된 것이었다.

태식이 강상문 감독에게 부탁했던 세 가지 도움.

첫 번째가 중심 타선인 5번 타순에 배치해 달라는 것이었고, 두 번째가 바로 심원 패롯스와의 3연전 마지막 경기에서 출전시키지 말아달라는 것이었다.

"대체 왜 이런 부탁을 하는 거지?"

당시에 강상문 감독은 이해가 안 된다는 표정을 감추지 않았다.

그런 그의 반응은 당연한 것이었다.

대부분의 프로 선수들은 경기에 뛰고 싶어 했다.

경기에 출전해서 좋은 플레이를 펼쳐야만 자신의 가치를 올리고 몸값도 올릴 수 있기 때문이다.

더구나 태식은 기나긴 2군 생활을 전전하다가 1군에 올라온 지 채 얼마 지나지 않은 시점이었다.

한 경기라도 더 출전하고 싶어서 안달을 내야 정상이었다. 그리고 경기에 출전할 자격을 충분히 갖추고 있다는 것도 이미 증명한 상태였고.

"더 안달이 나도록 만들어야 하니까요."

남녀가 썸을 탈 때의 밀당과 비슷한 느낌이랄까.

태식은 이철승 감독과 밀당을 하기로 결심했기 때문에 이런 부탁을 한 것이다.

심원 패롯스가 예상치 못한 부진과 함께 리그 9위로 처진 상황.

가뜩이나 초조한 이철승 감독은 영입 대상으로 내심 점찍었던 태식과 용덕수를 관찰할 수 있는 기회가 줄어들며 더욱 초조해졌을 터였다. 그리고 태식이 내린 과감한 결정은 지금까지는 성공적이었다.

태식과 용덕수가 빠진 마경 스왈로우스 타선은 빈공에 허덕이면서 1점도 내지 못했다.

제대로 된 찬스를 만들지도 못했고, 루상에 주자가 나가 있을 때는 범타로 물러나기 일쑤였다.

해결사도, 찬스 메이커도 없는 마경 스왈로우스 타선의 빈공이 오늘 경기에 출전하지 않은 태식과 용덕수의 빈자리를 더욱 크게 느껴지게 만들고 있었다.

그뿐이 아니었다.

심원 패롯스의 불안 요소인 포수 최철우와 3루수 김대회 역시 타석에서 안타를 기록하지 못하며 부진을 이어갔다.

비교 우위랄까?

부진의 늪에서 헤어나오지 못하는 최철우와 김대회를 보면서 이철승 감독의 고민이 더욱 깊어졌을 것은 당연지사였다.

"이제 남은 건 이철승 감독의 결단뿐이로군."

작게 중얼거리던 태식이 그라운드로 시선을 돌렸다.

어느덧 경기는 9회 말에 접어들어 있었다.

따악!

9회 말 2사 주자 없는 상황에서 마경 스왈로우스의 3번 타자인 정현준이 유격수와 3루수 사이를 꿰뚫는 좌전 안타를 때리며 2사 1루 상황으로 바뀌었다.

대기 타석에 서 있던 최원우가 타석을 향해 천천히 걸어가는 것을 지켜보던 태식이 자신에게 향해 있는 시선을 느끼고 고개를 돌렸다.

'감독님?'

태식을 바라보는 것은 강상문 감독이었다. 그리고 자신에게 향해 있는 그의 시선에는 절박함과 간절함이 묻어나고 있었다.

'내가 대타로 나서주길 바라고 있다?'

강상문 감독의 의중을 읽은 태식의 입가에 희미한 미소가 떠올랐다.

기분이 묘했다.

불과 얼마 전까지만 해도 아무도 주시하지 않는 가운데 쓸쓸히 은퇴하는 일만 남았다고 생각했는데.

지금은 상황이 많이 바뀌어 있었다.

1군 승격 후 지난 세 경기에서의 맹활약 덕분일까?

강상문 감독은 승부처가 찾아오자 마치 당연하다는 듯이

자신을 찾고 있었다.

그것도 팀의 4번 타자이자 프랜차이즈 스타인 최원우의 타석임에도 불구하고 자신을 대타로 기용하고 싶어 하고 있었다.

'급하겠지!'

5연패 후 3연승.

마경 스왈로우스는 어렵게 분위기 반전에 성공했고, 강상문 감독은 계속 연승을 이어나가고 싶은 욕심이 클 터였다.

그 목적을 이루기 위해서 현재 팀에서 가장 믿을 수 있는 타자인 자신에게 도움을 청하는 듯한 시선을 던지는 것이었고.

"인생 참… 모르겠군."

태식이 고개를 작게 흔들었다.

마음 같아서는 대타로 경기에 나서고 싶었다. 그리고 강상문 감독의 기대에 부응하고 싶었다.

그렇지만 태식은 그 마음을 애써 억눌렀다.

태식은 큰 그림을 그리고 있었고, 큰 그림을 완성시키기 위해서는 오늘 경기에 출전하지 않는 편이 낫다는 판단을 내렸기 때문이다.

그때, 최원우가 크게 헛스윙을 했다.

"스트라이크아웃. 경기 종료!"

큰 것 한 방이면 동점을 만들 수 있는 상황.

마지막 타자로 타석에 들어섰던 최원우가 욕심을 부리다가 헛스윙 삼진으로 물러나면서 경기는 그대로 심원 패롯스의 승리로 끝났다.

퍽!

삼진을 당하고 분이 풀리지 않는 듯 헬멧을 바닥에 집어 던지는 최원우를 바라보던 태식이 쓰게 웃으며 혼잣말을 꺼냈다.

"끝까지 도와줘서 고맙군."

*   *   *

"왜… 빠진 거야?"

마경 스왈로우스와 대승 원더스의 3연전 첫 경기.

김태식이 선발 라인업에서 빠진 것을 확인한 송나영이 한숨을 내쉬었다.

"내가 감독하는 게 더 낫겠네. 이 참에 기자 생활 확 때려치우고 프로야구 감독으로 전직을 해버려?"

선발 라인업을 결정하는 것은 감독의 몫.

송나영은 김태식을 선발 라인업에서 2경기 연속 제외시킨 마경 스왈로우스의 강상문 감독을 이해하기 어려웠다.

마경 스왈로우스와 심원 패롯스의 3연전 마지막 경기.

김태식이 빠진 마경 스왈로우스 타선은 빈공에 허덕이다가 단 한 점도 내지 못하고 결국 경기에서 패했다.

감독이 아닌 일개 기자이자 야구팬인 송나영의 눈에도 해결사 본능을 뽐냈던 김태식의 공백이 분명히 보였다.

그런데 정작 강상문 감독은 패배한 경기에서 교훈을 얻지 못하고 또다시 김태식을 선발 라인업에서 제외하는 결정을 내렸다.

"야. 내가 김태식이 몇 경기 반짝하고 나서 잠수 탈 수도 있다고 경고했지? 너 이제 어떻게 할 거야? 책임진다고 네 입으로 분명히 말했다?"

인내심 없기로 업계에 소문난 유인수는 벌써부터 버럭 소리를 지르면서 송나영을 압박하고 있는 상황이었다.

"진짜 이유가… 뭐야?"

마음 같아서는 강상문 감독을 직접 찾아가서 김태식을 자꾸 선발 라인업에서 제외하는 이유에 대해 따져 묻고 싶었다.

그렇지만 그럴 수는 없는 노릇.

한숨을 푹푹 내쉬던 송나영이 찾아낸 방법은 김태식을 직접 찾아가는 것이었다.

2연패.

송나영의 예상대로였다.

김태식의 공백으로 인해 마경 스왈로우스는 중앙 드래곤즈와의 3연전 첫 경기에서 패하며 2연패에 빠졌다.

원정 팀 숙소인 플라자 호텔 내에 위치한 커피숍에서 만난 김태식은 경기에 출전하지 못했음에도 표정이 그리 어둡지 않았다.

"이번엔 인터뷰를 하기 위해서 찾아오신 건 아닌 것 같고. 여기까지 무슨 일로 찾아오셨어요?"

"내가 전에 말했잖아요."

"무슨 말이요?"

"잠수 타지 말라고."

"……?"

"만약 김태식 선수가 잠수를 타면 내가 미저리처럼 쫓아다닐 거라고 분명히 경고했잖아요."

"그래서 일부러 찾아오셨다고요?"

"네."

"농담인 줄 알았더니… 아니었네요."

"저 엄청 심각하거든요."

송나영이 아이스커피를 한 모금 마신 후 말을 이었다.

"일전에도 제가 말씀드렸죠. 우린 운명 공동체라고. 그러니

김태식 선수가 자꾸 결장하는 지금 제가 얼마나 초조하겠어
요?"

"겨우 두 경기 빠졌는데……."

"겨우 두 경기가 아니거든요. 막 치고 올라가는 타이밍에
이렇게 자꾸 경기에 빠지면 경기 감각을 유지하기 곤란하잖아
요."

송나영이 태연한 김태식을 못마땅하게 바라보고 있을 때였
다.

"먼 걸음 하셨으니까 커피는 제가 사겠습니다."

"지금 커피를 누가 사느냐가 중요한 게 아니……."

"흥미로운 이야기도 들려 드리고요."

"흥미로운 이야기요? 뭔데요?"

송나영이 두 눈을 빛냈다.

기자의 직감이랄까.

몇 시간 동안 운전해서 여기까지 찾아온 보람이 있을 것
같다는 생각이 퍼뜩 들었기 때문이다.

"트레이드에 관한 이야기입니다."

"트레이드요? 누구요?"

"저요."

"김태식 선수가요?"

"네."

"하지만……."

"아직 아무 이야기도 못 들었죠?"

송나영이 고개를 끄덕였다.

기자만큼 이슈와 소문에 민감한 사람은 없었다. 그래서 항상 야구계 주변에서 벌어지는 일이나 소문들에 관심을 기울이고 있었지만, 김태식이 연루된 트레이드에 관한 소문은 들은 적이 없었다.

"곧 정보가 흘러나올 겁니다."

"좀 더 자세히 말해주세요. 어떤 정보죠?"

"덕수 알죠?"

"덕수라면… 이번에 함께 1군에 올라온 용덕수 선수 말씀인가요?"

"맞아요."

"그런데 용덕수 선수 이야기는 갑자기 왜……?"

"강상문 감독님은 덕수와 저를 트레이드 카드로 활용할 생각을 갖고 있어요."

"트레이드 카드요?"

쪼오옥!

강지영이 아이스커피에 꽂힌 빨대를 힘껏 빨아 당겼다.

차갑고 쓴 커피를 한 모금 들이켜고 나자 정신이 번쩍 드는 느낌이었다.

"정말인가요?"

정보의 진위를 확인하기 위해 송나영이 재차 물은 순간, 김태식이 쓰게 웃었다.

"안 믿기나 보네요."

"네?"

"트레이드 카드로 너무 약하다. 방금 이렇게 생각한 것 아닌가요?"

김태식의 지적은 날카로웠다.

야구팬들에게서 잊힌 존재였던 저니맨 김태식과 육성 선수 출신으로 1군 무대 출전 경험이 두 경기에 불과한 용덕수는 객관적인 시선으로 보면 트레이드 카드로 약한 것이 사실이었다.

그렇지만 송나영의 생각은 조금 달랐다.

퓨처스 리그 경기를 포함해 김태식이 출전했던 지난 몇 경기에서 송나영은 강렬한 인상을 받았다.

용덕수의 활약도 기대 이상이었고.

"아닌데요."

"정말인가요?"

"저는 김태식 선수와 용덕수 선수를 높이 평가하거든요. 여기까지 찾아온 것 보면 모르시겠어요?"

"말씀이라도 고맙네요."

"빈말 아니거든요. 그보다… 트레이드 상대는 누구죠?"

"어디일 것 같아요?"

김태식이 반문한 순간, 송나영이 고민에 잠겼다.

김태식과 용덕수를 트레이드 카드로 활용하려는 강상문 감독이 트레이드를 통해 영입하기 위해서 염두에 두고 있는 선수가 분명히 존재할 터였다.

그런데 막상 갑자기 질문을 받고 나자 제대로 생각이 이어지지 않았다.

'누굴까?'

송나영의 고민이 깊어진 순간, 김태식이 말했다.

"그건 숙제로 남겨둘까요?"

"숙제요?"

"대신 힌트는 드리겠습니다."

"어떤 힌트죠?"

"우선 마경 스왈로우스 팀에서 가장 취약한 포지션이 어디인가를 생각해 보세요. 그리고 제가 2루수가 아닌 3루수로 출전하고 있는 것에도 다 이유가 있어요."

송나영이 두 눈을 빛냈다.

김태식이 방금 건넨 두 개의 힌트는 자신에게 주어졌던 숙제의 답을 찾아내기에 충분한 힌트였다.

'마경 스왈로우스의 약점은 허약한 선발진. 강상문 감독은 트레이드를 통해 수준급 선발투수를 노리고 있을 거야. 수준급 선발투수가 많으면서, 포수와 3루수 포지션이 취약한 팀이라면?'

마침내 답을 찾아낸 송나영이 입을 뗐다.

"심원 패롯스. 맞죠?"

"……."

"왜 대답이 없어요? 맞죠?"

"노코멘트하겠습니다."

김태식은 그 말을 끝으로 입을 굳게 다물었다.

그렇지만 김태식의 입가에 떠올라 있는 희미한 미소를 통해 송나영은 자신이 찾아낸 답이 틀리지 않았음을 확신했다.

'대박인데!'

송나영이 속으로 쾌재를 불렀다.

트레이드 소식은 새로운 이슈에 항상 목말라 하는 야구팬들의 흥미를 끌어내기에 충분한 소재였다.

역시 여기까지 찾아온 보람이 있다는 생각에 흐뭇해하던 송나영이 미간을 좁혔다.

두 경기 연속 선발 라인업에서 제외되며 경기에 출전하지 못했음에도 김태식의 표정은 심각하거나 초조하지 않았다.

그래서 아까부터 조금 이상하다고 생각했는데.

"혹시… 트레이드 때문에 선발 라인업에서 제외됐던 건가요?"

"쇼케이스가 너무 길면 곤란하니까요."

'쇼케이스라.'

무척 적절한 표현이라고 생각하던 송나영이 다시 미간을 좁혔다.

운명 공동체라고 말하며 무작정 들이대긴 했지만, 김태식과는 이번이 겨우 두 번째 만남이었다.

친분이나 신뢰가 쌓이기에는 턱없이 부족한 시간.

그런데 김태식은 기자인 자신에게 고급 정보라고 할 수 있는 트레이드 관련 이야기를 아무런 거리낌도 없이 흘렸다.

'왜?'

어떤 이유나 목적이 있는 게 아닐까 하는 의심이 든 순간, 송나영이 참지 못하고 질문을 꺼냈다.

"트레이드 정보를 제게 알려주신 이유가 뭐죠?"

"먼 길 오셨으니까요."

"정말 그 이유가 전부인가요?"

"아까 운명 공동체라고 하지 않았나요?"

"그렇게 말하긴 했지만……."

"야구, 오래 할 생각이에요."

"……?"

"그래서 상부상조하자는 의미에서 드린 정보라고 하죠."

'길어야 2년?'

김태식은 야구를 오래 할 거라는 포부를 밝혔다.

그렇지만 김태식은 야구 선수로 오래 뛰기에는 나이가 너무 많았다.

해서 현역 생활을 이어나갈 수 있는 기간이 길어야 2년 정도라고 송나영은 내심 생각하고 있었다.

"뭐, 좋아요."

앞으로 남아 있는 김태식의 선수 시절인 약 2년간 송나영은 최선을 다해 그를 도우며 취재하기로 결심했다.

물론 그녀는 꿈에도 몰랐다.

김태식의 야구 선수 생활이 그녀의 예상보다 훨씬 더 길 것이라고는.

어쨌든, 하나의 의문이 해결된 순간, 송나영이 김태식의 눈치를 살폈다.

만약 방금 이야기대로 진행된다면 김태식은 또 한 번 트레이드를 당할 것이었다.

이미 선수 생활을 하는 동안 여러 차례 트레이드를 경험했던 김태식의 입장에서는 달갑지 않은 상황일 수도 있을 것이란 생각이 퍼뜩 들었다.

또, 감당하기 힘든 일일 것이란 생각도 들었고.

해서 송나영이 조심스럽게 물었다.

"괜찮… 아요?"

"무슨 뜻이에요?"

"트레이드. 선수의 입장에선 무척 힘든 일이잖아요."

송나영의 우려가 무색할 정도로 김태식의 표정은 밝았다. 그리고 환하게 웃으며 대답을 꺼냈다.

"물론 선수 입장에서 힘든 건 사실이에요. 그렇지만 KBO 리그 역사에 남을 대기록을 달성했다는 것으로 위안을 삼죠."

"대기록… 이요?"

"지금까지 제가 일곱 팀을 전전했거든요. KBO 리그 최다 트레이드 타이 기록이었죠. 그런데 이번에 한 번 더 트레이드를 당하면 최다 트레이드 기록 단독 선두로 올라서게 되거든요. 아마… 앞으로 절대 깨지기 힘든 기록일 걸요."

웃어야 할까, 아니면 슬픈 척을 해야 할까.

어떤 표정을 지어야 할지 애매했다. 그래서 송나영이 난감한 표정을 짓고 있을 때, 김태식이 다시 입을 뗐다.

"그리고… 달라요."

"뭐가 다르다는 거죠?"

"예전에 제가 경험했던 트레이드와 이번 트레이드. 분명히 다른 점이 있어요."

'뭘까?'

송나영이 보기에는 다 똑같은 트레이드일 뿐이었다.

그런데 김태식은 분명히 다른 점이 있다고 강조했다.

그 차이점이 대체 무엇일까에 대해 송나영이 고심하고 있을 때, 김태식이 생과일 주스를 들어 올리며 덧붙였다.

"제가 트레이드를 주도하고 있거든요."

                    *   *   *

1승 4패.

심원 패롯스의 최근 다섯 경기 성적이었다.

리그 선두를 달리고 있는 우송 선더스와의 격차는 11게임.

가을 야구 가시권이라 할 수 있는 중위권으로 치고 올라가기 위해서는 부진이 더 길어져서는 곤란했다.

이대로 부진이 계속 이어질 경우에는 2경기 차로 격차가 좁혀진 한성 비글스에게도 따라잡히며 리그 꼴찌로 추락할 가능성도 충분했다.

침체된 팀 분위기를 어떻게든 반등시킬 수 있는 터닝 포인트가 필요한 상황.

그렇지만 마땅한 반전 카드가 눈에 띄지 않는다는 것이 문제였다.

해서 한숨을 내쉰 이철승이 신문을 들어 올린 후, 미간을 찌푸렸다.

<잠잠하던 트레이드 시장, 올 시즌은 다를까?>

아직 트레이드 마감 시한이 꽤 남아 있는 상황이었다. 그러니 트레이드와 관련된 기사가 쏟아지기는 분명히 이른 시점이었다.

그렇지만 올 시즌은 예년보다 조금 이른 시점에 기사들이 쏟아지고 있었다.

게다가 기사는 꽤 구체적인 정보까지 담고 있었다.

지방을 연고지로 하는 모 구단 A 감독은 팀의 약점인 허약한 선발진을 개선하기 위해서 수준급 선발투수 수혈을 목표로 여러 팀 관계자들과 논의하면서 활발하게 트레이드를 추진하고 있다고 밝혔다.

중간쯤에 등장한 기사의 내용을 읽어 내려가던 이철승이 혀를 내밀어 바싹 마른 입술을 적셨다.

모 구단 A 감독.

기사를 작성한 기자는 팀명이나 감독의 이름을 밝히지 않았다.

그렇지만 이철승은 기사에 등장한 A 감독이 마경 스왈로우스의 강상문 감독임을 이내 알아챘다.

자신만이 아닐 터였다.

다른 팀의 감독들이나 관계자들도 기사에 등장한 모 구단 A 감독이 마경 스왈로우스의 강상문 감독임을 대충 짐작하고 있을 터였다.

그 사실을 깨달은 순간, 이철승의 마음이 더욱 조급해졌다.

김태식, 그리고 용덕수.

강상문 감독이 트레이드 카드로 염두에 두고 있는 선수들이었다. 그리고 두 선수는 이철승이 트레이드를 통해서 영입 후보로 점찍어둔 선수들이기도 했다.

터닝 포인트!

심원 패롯스가 현재 안고 있는 약점을 메우며 부진의 늪에서 탈출하기 위한 반전 카드로 이철승은 두 선수를 내심 염두에 두고 있었다.

그럼에도 불구하고 적극적으로 나서지 않은 이유는……

"너무 서두르는 게 아닐까?"

이철승이 우려하는 것은 아직 두 선수에 대한 검증이 끝나지 않았다는 점이다. 그러나 기사들까지 쏟아지기 시작한 마당이니, 두 선수에 대한 검증이 끝날 때까지 마냥 손을 놓고 기다릴 수는 없었다.

"뺏기면 어쩌지?"

자꾸 불안한 마음이 깃들었다. 그래서 마지막 반전 카드나 다름없는 두 선수 영입에 실패하는 최악의 경우가 생기지 않을까 하는 우려가 들었다.

그럼에도 불구하고 이철승이 쉽게 결단을 내리지 못하고 망설였다.

"아직… 시간이 좀 남아 있으니까."

트레이드 마감 시한까지는 약 보름이 넘는 시간이 남아 있었다. 그때까지 두 선수에 대한 검증을 더 하고 싶었다.

"문제는 검증의 기회가 없다는 거지만."

이철승이 길게 한숨을 내쉬었다.

마경 스왈로우스의 강상문 감독은 심원 패롯스와의 3연전 마지막 경기에서 김태식과 용덕수를 경기에 출전시키지 않았다. 그리고 그 경기가 끝이 아니었다.

그다음 두 경기에서도 두 선수를 그라운드에서 볼 수 없었다.

김태식과 용덕수가 그라운드에서 뛰는 모습을 지켜봐야 검증을 할 수 있는데, 아예 그럴 기회조차 없는 상황이었다.

"선발 라인업, 확인해 봤나?"

"네, 여기 있습니다."

이철승이 자신의 앞으로 내밀어진 것이 오늘 경기 중앙 드래곤즈의 선발 라인업이 적힌 서류임을 확인하고 눈살을 찌푸렸다.

"이거 말고."

"네?"

"마경 스왈로우스 말이야."

"중앙 드래곤즈가 아니라 마경 스왈로우스의 선발 라인업이 요?"

코치가 당혹스러워 하는 것은 당연했다.

곧 중앙 드래곤즈와의 경기를 앞두고 있는 상황임에도 이 철승은 마경 스왈로우스의 선발 라인업을 궁금해하고 있었으니까.

그렇지만 이게 이철승의 솔직한 심정이었다.

당장 눈앞의 한 경기보다 올 시즌 전체가 중요했기에 마경 스왈로우스에 속한 두 선수의 상황 파악이 급했다.

"여기 있습니다."

코치가 다시 돌아와서 앞으로 내민 마경 스왈로우스의 선 발 라인업을 꼼꼼히 확인하던 이철승이 이내 두 눈을 빛냈다.

"용덕수는… 나왔다?"

이철승이 관심을 갖고 있는 두 명의 선수들 가운데 용덕수 는 오늘 경기에 선발 포수로 출전했다.

반면 김태식은 오늘 경기에서도 선발 라인업에서 빠져 있었다.

"이거라도… 다행인가?"

김태식이 경기에 나서지 않는 것은 분명히 아쉬운 부분이었다. 그렇지만 용덕수가 경기에 출전한 것은 무척 반가웠다.

"어떤 모습을 보일까?"

김태식이 여전히 경기에 출전하지 않았기 때문일까?

갈증을 느낀 이철승이 턱을 매만지며 고심에 잠겼다.

*   *   *

〈잠잠하던 트레이드 시장, 올 시즌은 다를까?〉

일간 신문 스포츠 면에 등장했던 기사의 제목이었다.

트레이드 마감 시한까지 꽤 많은 시간이 남아 있는 것을 감안하면, 트레이드와 관련된 기사가 쏟아지기는 조금 이른 시점인 것이 사실이었다.

그렇지만 트레이드 관련 기사가 벌써 흘러나온 것에는 이유가 있었다.

마경 스왈로우스의 감독인 강상문이 직접 인터뷰에 나섰기 때문이다. 그리고 강상문 감독을 움직이게 만든 것은…….

바로 태식이다.

강상문 감독에게 부탁한 세 가지 도움 가운데 마지막이 바로 트레이드와 관련된 소문을 흘려달라는 것이었다.

"너무 이르지 않을까?"

태식이 이 부탁을 꺼냈을 때, 강상문 감독이 불안한 표정을 감추지 못한 채 내보였던 반응이다.

트레이드 마감 시한이 꽤 남아 있는 것을 감안해서 꺼낸 말이기도 했다.

해서 강상문 감독은 난감한 기색을 드러냈지만, 태식은 결국 그를 설득하는 데 성공했다.

"꼭 트레이드 마감 시한까지 기다릴 필요는 없지 않습니까? 너무 늦어진다면… 올 시즌을 망칠 수도 있습니다."

올 시즌을 끝으로 계약 만료를 앞두고 있는 강상문 감독은 팀 성적에 대한 부담을 많이 갖고 있었다.

그래서일까?

강상문 감독 역시 수준급 선발투수 영입이 더 늦어지면 반등이 어려울 것이라고 판단해서 태식의 제안을 승낙했다.

어쨌든, 당시의 태식은 강상문 감독의 거취를 걱정하는 듯 말했지만 트레이드를 서두르는 진짜 이유는 따로 있었다.

기왕 트레이드를 당하는 선수의 입장에서는 한시라도 빨리 팀을 옮겨서 적응 시간을 갖는 것이 나았다.

그리고 또 하나의 이유.

현재 심원 패롯스는 리그 9위를 달리며 하위권에 처져 있었다.

만약 반등 시점이 더 늦어진다면, 가을 야구 진출이 어려울 가능성이 높았다.

일전에도 밝혔듯이 태식의 목표 가운데 하나는 우승.

'심원 패롯스는 강팀이다!'

올 시즌이 시작되기 전에 전문가들이 심원 패롯스를 우승 후보로 지목한 것에는 분명히 이유가 있었다.

풍부한 선발투수진!

비록 주전 포수였던 강만호와 3루수 김대희의 예상치 못했던 부상과 부진으로 인해 하위권에 처져 있었지만, 심원 패롯스는 분명히 반등할 힘을 갖추고 있는 팀이었다.

만약 자신과 용덕수가 더 늦기 전에 합류해서 심원 패롯스의 약점을 지워낸다면 충분히 반등이 가능했다.

반등에 성공해서 리그 5위에 턱걸이해 가을 야구 진출만 가능하다면, 단단한 선발투수진의 힘으로 한국 시리즈 우승까지도 바라볼 수 있는 전력이라는 것이 태식이 하고 있는 계산이었다.

'더 늦으면 곤란해!'

문제는 반등의 시기!

가을 야구에 진출해서 올 시즌 심원 패롯스가 한국 시리즈 우승을 차지하기 위해서는 하루라도 빨리 트레이드가 이뤄져야 했다.

그래서 태식이 트레이드를 서두른 것이었다.

"저기, 형!"

더그아웃에 앉아서 생각을 정리하고 있던 태식의 곁으로 용덕수가 다가왔다. 그런 그의 손에는 태블릿이 들려 있었다.

"이 기사, 보셨어요?"

"어떤 기사인데?"

"아무래도 형이 직접 보셔야 할 것 같아요."

태식이 용덕수에게서 태블릿을 건네받았다.

〈트레이드 시장, 치열한 순위 다툼의 변수가 될까?〉

기사 제목을 확인한 순간, 태식이 희미한 웃음을 머금었다.

예상대로 기사는 송나영이 작성한 것이었다.

기사의 내용을 천천히 읽어 내려가던 태식의 입가에 머물러 있던 웃음이 짙어졌다.

강상문 감독이 접촉했던 기자가 쓴 기사보다 송나영이 작성한 기사는 조금 더 구체적으로 접근하고 있었다.

지방 연고 모 구단은 트레이드를 위해 두 구단과 접촉 중이라는 이야기가 돌고 있다. 특히 그중 한 구단과는 트레이드에 대한 논의가 상당히 진척된 상황이라는 증거가 속속 나오고 있다.

송나영이 작성한 기사 중간에 등장한 문구였다.

"더 조급해지시겠군!"

이 기사를 읽고 나서 더욱 초조해하고 있을 이철승 감독의 모습을 떠올린 태식이 실소를 흘렸다.

엄밀히 말하면 이 기사는 송나영과 태식의 거래였다.

세상에 공짜는 없는 법.

하나를 내주는 대신, 하나를 얻어야 했다.

송나영에게 트레이드에 관한 정보를 제공한 대가로 태식은 심원 패롯스뿐만 아니라 다른 팀도 마경 스왈로우스와의 트레이드에 관심을 드러내고 있다는 내용의 기사를 작성해 달라고 부탁했다.

그렇게 부탁했던 이유는 이철승 감독의 마음을 더욱 조급하게 만들기 위함이었다.

자신과 용덕수가 최근 경기에 출전하지 않으며 가뜩이나 마음이 조급해져 있을 이철승 감독이었다.

그런데 이 기사를 접하면 어떨까?

아직까지 마경 스왈로우스와 심원 패롯스 구단 사이에 트레이드에 관한 논의는 일절 오가지 않은 상태였다.

그 말인즉슨, 기사에 등장한 마경 스왈로우스와 트레이드에 대한 논의가 상당히 진척된 구단이 심원 패롯스가 아닌 다른 구단이라는 뜻이었다.

이 기사를 접하게 된다면 아무리 신중한 이철승 감독이라 해도 검증이 덜 됐다는 핑계로 여유를 부릴 수는 없을 터였다.

"형이죠?"

"뜬금없이 무슨 소리야?"

"이 기사를 작성한 송나영이란 여기자에게 트레이드에 관한 정보를 흘린 사람이요. 형, 맞죠?"

"그래."

태식이 부인하지 않고 인정하자 용덕수가 말을 이었다.

"어지간히 예쁜가 보네요."

"응?"

"송나영이란 여기자 말이에요. 엄청 예뻐서 형이 이런 고급 정보까지 알려줬던 거 아니에요?"

매서운 용덕수의 추궁을 받은 태식이 고개를 절레절레 흔들었다.

용덕수는 단단히 착각하고 있었다.

물론 송나영이 미인인 것은 사실이다.

그렇지만 송나영이 단지 미인이란 이유로 트레이드에 관한 정보를 건넬 정도로 태식은 한심하지 않았다.

"공생 관계일 뿐이야."

"공생 관계요?"

"프로야구 선수로 성공하려면 야구 못지않게 인간관계도 중요하거든. 특히 기자들과 적당히 친분을 쌓는 건 중요해."

"하지만……."

"굳이 설명을 더하자면 서로 이용하는 사이지."

태식이 송나영에게 호의적인 이유는 그녀가 괜찮은 사람이라는 이유도 있었지만, 기자인 그녀를 이용하고자 하는 목적도 있었다.

송나영이 원하던 대로 인터뷰에 응했던 것도, 그녀에게 트레이드에 관한 정보를 슬쩍 흘린 것도, 그 목적을 달성하기 위한 일종의 포석이었다.

"그나저나… 죄송하네요."

갑자기 사과를 하는 용덕수를 태식이 의아하게 바라보았다.

"무슨 소리야?"

"그게… 저 혼자 경기에 나가는 것이 죄송해서요."

그제야 태식이 말귀를 제대로 알아들었다.

마경 스왈로우스와 대승 원더스의 3연전 마지막 경기.

태식은 오늘 경기에서도 선발 라인업에서 제외된 반면, 용덕수는 선발로 출전해 포수 마스크를 썼다.

그래서 자신에게 미안해하고 있는 것이었고.

"신경 쓸 것 없어."

태식이 용덕수를 바라보며 고개를 흔들었다.

"내가 바라던 바였으니까."

"그렇지만……."

"잘해라."

"네?"

"우리의 트레이드가 성사되느냐, 무산되느냐가 걸린 아주 중요한 경기니까."

"그게 무슨… 말씀이세요?"

용덕수가 던지는 의아한 시선을 피하지 않은 채 태식이 대답했다.

"오늘 경기에서 네 역할이 무척 중요해."

"……?"

"이철승 감독은 나보다 네게 더 관심이 많으니까."

5. 방점

자신과 용덕수.

둘 가운데 이철승 감독이 더 관심을 갖고 있는 것이 용덕수라는 것은 부인할 수 없는 사실이었다.

용덕수의 나이는 이제 겨우 스물둘.

아직 젊은 데다가 앞으로 KBO 리그를 호령하는 포수로 성장할 수 있는 무한한 잠재력을 갖추고 있었다.

반면 태식의 나이는 서른일곱.

프로야구 선수로서 환갑을 훌쩍 넘겼다는 평가를 받고 있는 자신에 대한 기대치는 아무래도 용덕수보다 낮을 수밖에 없었다.

물론 기적이 벌어진 덕분에 현재 태식의 신체 나이는 스물 두 살인 용덕수보다도 더 젊었다.

그렇지만 이 사실을 알고 있는 사람은 아직 아무도 없었다.

어쨌든, 태식도 일찌감치 예상했던 부분이다. 그래서 용덕수를 일찌감치 훈련 파트너로 점찍은 후에 트레이드를 염두에 두고 성장을 시켰던 것이고.

"심심하네."

더그아웃에 홀로 앉아 있던 태식이 자리에서 일어나며 한창 경기가 펼쳐지고 있는 그라운드를 살폈다.

몇 경기 결장했더니 몸이 근질근질했다.

다시 경기에 출전해서 뛰고 싶다는 생각을 하면서 그라운드를 살피고 있던 태식이 흐뭇하게 웃었다.

경기 전에 했던 당부가 효과를 발한 걸까?

7회 말 대승 원더스의 공격이 진행되고 있는 시점에 스코어는 2 : 2.

팽팽한 투수전이 펼쳐지고 있는 가운데서도 용덕수는 타석에 들어설 때마다 맹활약을 펼쳤다.

3타수 2안타, 볼넷 하나, 1타점.

1군 무대에서 선발 출전한 경기에서 처음으로 멀티 안타를 때려냈고, 첫 번째 타점도 기록했다.

게다가 볼넷도 하나 골라내서 출루에 성공하며, 3출루 경기를 펼치고 있었다.

그게 다가 아니었다.

수비에서도 뛰어난 블로킹 능력을 앞세워서 비교적 안정적으로 경기를 운영해 나가고 있었다.

틱! 데구르르.

태식이 그라운드로 향해 있던 두 눈을 빛냈다.

2사 주자 없는 상황에서 타석에 들어선 대승 원더스의 1번 타자 유연성이 기습 번트를 시도했다.

예기치 못한 기습 번트였지만, 용덕수는 당황하지 않고 침착하게 공을 잡아서 1루로 송구를 뿌렸다.

"아웃!"

간발의 차로 1루심이 아웃을 선언하면서 대승 원더스의 7회말 공격이 마무리됐다.

가쁜 숨을 몰아쉬며 더그아웃으로 돌아오는 용덕수에게 다가간 태식이 어깨를 두드리며 맞이했다.

"잘했다."

공치사가 아니었다.

용덕수의 블로킹 능력이 뛰어나다는 것은 이미 증명된 상황.

거기에 더해 번트 수비도 나쁘지 않다는 것을 보여준 호수비였다.

"넌 훌륭히 역할을 해냈다."

"네? 네."

"이젠… 내 차례다."

의아한 시선을 던지는 용덕수에게 태식이 한마디를 덧붙였
다.

"어쩌면 오늘이 마경 스왈로우스 소속으로 뛰는 마지막 경
기일지도 몰라."

*　　　　　*　　　　　*

"트레이드 성사가 목전으로 다가왔다!"

수준급 선발투수를 영입하고 싶어 하는 강상문 감독은 태
식이 부탁했던 세 가지를 충실히 이행해 주었다.

거기에 송나영의 지원사격까지 더해진 상황.

지금까지는 태식이 원한 시나리오대로 굴러온 셈이었다.

이제 남은 것은 시나리오를 완성할 수 있는 방점을 찍는 것
뿐이었다.

간절히 바라면 이루어지는 법일까.

마침내 방점을 찍을 기회가 찾아왔다.

8회 초 공격에서 마경 스왈로우스는 2사 1, 2루의 찬스를

만들었다. 그리고 대기 타석에 서 있는 것은 4번 타자 최원우였다.

'기회를 주시죠!'

태식이 당연하다는 듯이 감독석에 앉아 있는 강상문 감독에게 시선을 던졌다.

5연패 후 3연승, 그리고 다시 3연패.

3연승과 함께 반등할 것처럼 보이던 마경 스왈로우스의 분위기는 3연패에 빠지며 다시 가라앉았다.

해서 오늘 경기의 승패는 아주 중요했다.

그 사실을 누구보다 잘 알고 있는 강상문 감독이 고개를 돌렸다. 그리고 태식과 시선이 부딪힌 순간, 강상문 감독이 결단을 내렸다.

"김태식, 대타로 나선다!"

태식이 대타로 나설 준비를 하는 사이, 최원우가 불만 어린 표정으로 더그아웃으로 돌아와 방망이를 거칠게 내려쳤다.

콰직!

배트가 부러지는 소리가 고요한 더그아웃에 울려 퍼졌다.

그로 인해 더그아웃의 분위기가 급속히 얼어붙었지만, 태식은 전혀 개의치 않고 타석에 설 준비를 계속했다.

'내가 관여할 부분이 아니니까!'

이미 태식은 마경 스왈로우스 팀에서 마음이 떠나 있었다.

트레이드를 통해서 마경 스왈로우스를 떠날 계획을 진즉에 세웠고, 이제 그 계획은 마무리 단계에 다다라 있었기 때문이다.

등 뒤로 따라붙고 있는 최원우의 매서운 시선을 가볍게 무시한 채, 태식이 그라운드로 천천히 걸어 나갔다.

마경 스왈로우스의 4번 타자이자 프랜차이즈 스타인 최원우를 대신해서 태식이 대타로 나오는 것을 확인한 순간, 관중석의 홈 팬들이 술렁이기 시작했다.

그렇지만 태식은 관중석에서 들려오는 팬들의 목소리에도 귀를 닫았다.

대신 투수와의 대결에 오롯이 집중하기 위해 애썼다.

'방점을… 찍는다!'

비록 지금 경기장 안에는 없었지만, 이철승 감독도 자신이 타석에서 펼치는 승부를 지켜볼 터였다.

아직 결정을 내리지 못한 이철승 감독의 마음을 확실히 정하게 만들기 위해서는 대타자로 나선 이번 타석이 중요했다.

그리고, 태식은 방점을 찍을 자신이 있었다.

'초구 승부!'

해결사 본능을 이철승 감독과 팬들에게 확실하게 각인시킬 계획인 만큼, 볼넷을 얻어 걸어나가기 위해서 선구안을 발휘할 생각은 애초에 없었다.

대승 원더스의 2선발을 맡고 있는 외국인 투수 자니 페랄타는 150㎞대 중반의 불같은 강속구를 앞세워 타자를 힘으로 찍어 누르는 우완 정통파 투수였다.

'유인구를 던질 확률은 낮아, 아니, 없어!'

평소 자니 페랄타는 칠 테면 치라는 식으로 빠른 직구를 앞세워 정면 승부를 즐기는 성격이었다.

더구나 주자가 루상에 나가 있는 경우에는 투구 폼이 큰 편이라 도루 허용을 우려해서 더욱 직구에 집착하는 편이었다.

수 싸움은 진즉에 끝난 상황.

태식은 입고 있는 황갈색 마경 스왈로우스의 유니폼을 내려다보았다.

'이 유니폼을 입는 것도 오늘이 마지막이군!'

심원 패롯스의 하얀색 유니폼을 착용한 자신의 모습을 떠올리던 태식의 입가로 희미한 미소가 떠올랐다.

상상 속에서 그린 하얀색 유니폼을 착용한 자신의 모습이 무척 어울린다는 생각이 들었기 때문이다.

"자, 이제 기록을 써볼까?"

KBO 리그 최다 트레이드 선수라는 기록을 세우기 위해서 타석에 선 태식의 시선은 오늘이 아닌 내일로 향해 있었다.

슈아악!

따악!

심원 패롯스의 하얀색 유니폼을 입고 있는 내일을 위해서 태식이 타석에서 힘차게 배트를 돌렸다.

장외 홈런이 터지면서 쥐 죽은 듯 고요하게 변한 그라운드를 태식이 묵묵히 뛰어서 돌기 시작했다.

*   *   *

"찾으셨습니까?"

호출을 받고 감독실로 찾아갔을 때, 강상문 감독은 혼자서 위스키를 마시며 담배를 피우고 있었다.

"거기 앉지."

강상문 감독이 권한 의자에 앉은 태식이 슬쩍 미간을 찌푸렸다.

콧속으로 파고드는 매캐한 담배 냄새가 거슬렸기 때문이다.

"담배는 안 필 테고. 맞나?"

"네."

"그럼 술 한잔하지?"

재떨이에 담배를 비벼 끈 강상문 감독이 절반쯤 내용물이 남아 있는 위스키병을 들어 올리며 술을 권했다.

"술도 안 합니다. 끊었습니다."

"그래? 그럼 어쩐다. 커피라도 마실 텐가?"

"커피도 안 마십니다."

"왜?"

"몸에 좋지 않으니까요."

강상문 감독의 두 눈에 이채가 떠오른 순간, 태식이 덧붙였다.

"음료수나 하나 마시겠습니다."

"그래, 그렇게 해."

감독실 한편에 비치된 냉장고 문을 열고 이온 음료를 들고 돌아온 강상문 감독이 음료를 건네고 다시 자리에 앉아 잔을 들었다.

"몸 관리가 아주 철저하군."

"프로 선수는 몸이 재산이니까요."

"그래, 옳은 말이지. 문제는 그 사실을 알면서도 관리가 어렵다는 것이지만."

"야구, 오래 하고 싶습니다."

태식의 말이 끝나자 강상문 감독이 다시 강렬한 시선을 던졌다.

그 강렬한 시선에 담긴 감정은 묘했다.

의미를 파악하기 힘든 강상문 감독의 시선을 해석하기 위해 태식이 애쓰고 있을 때, 그가 위스키를 한 모금 마신 후 입을 뗐다.

"솔직히 안 믿었어."

"……?"

"네가 했던 약속 말이야."

'내가 했던 약속?'

태식이 기억을 더듬었다. 그리고 이내 강상문 감독과 했던 약속에 대해 떠올리는 데 성공했다.

"수준급 선발투수를 얻게 될 겁니다."

만약 1군에 승격시켜 주면 뭘 해줄 수 있느냐고 질문했던 강상문 감독에게 태식이 했던 약속이다.

"그런데 그 약속을 지켰어."

"……."

"고맙다."

강상문 감독의 말이 끝난 순간, 태식이 두 눈을 빛냈다.

약속을 지켰다는 것은 강상문 감독이 원하던 수준급 선발투수를 얻는 데 성공했다는 뜻이다.

시즌이 한창 진행 중인 지금 시점에 수준급 선발투수를 얻을 수 있는 방법은 트레이드뿐이었다.

즉, 트레이드가 성사됐다는 뜻이다.

"트레이드 합의가… 끝난 겁니까?"

"맞아."

"……."

"넌 이제부터 심원 패롯스 소속 선수다."

태식이 바라 마지않았던 결과였다. 그리고 태식만이 아니었다.

지금 자신의 눈앞에 앉아 있는 강상문 감독도 원하던 것을 얻은 셈이었다.

그런데 왜일까?

분명히 자신이 원하던 수준급 선발투수를 얻는 데 성공했음에도 강상문 감독의 표정은 밝지 않았다.

딱히 기쁜 기색도 없었고.

해서 태식이 의아한 시선을 던지고 있을 때였다.

"솔직히 말하면… 마지막 순간에 망설였다."

'망설였다고?'

강상문 감독이 어렵게 꺼내놓은 이야기를 들은 순간, 태식이 두 눈을 치켜떴다.

그사이에도 강상문 감독의 말은 계속 이어졌다.

"손해를 보는 게 아닌가 하는 생각이 들어서 망설였지."

그 말이 더해진 순간, 태식은 아까 강상문 감독이 자신에게 던졌던 강렬한 시선에 담긴 의미를 알아챘다.

미련!

이미 트레이드가 합의된 상황임에도 불구하고, 강상문 감독은 트레이드로 마경 스왈로우스를 떠나게 된 자신에게 미련을 갖고 있었다.

이것이 의미하는 바는 하나.

강상문 감독이 어느새 태식을 인정하기 시작했다는 것이다.

'최적의 타이밍이었어!'

태식이 안도의 한숨을 내쉬었다.

심원 패롯스의 이철승 감독에게 강렬한 인상을 심어주기 위해서 태식은 그라운드에서 최선을 다했다.

그런 태식의 노력은 헛되지 않았다.

이철승 감독의 마음을 움직이는 데 성공해서 트레이드 합의를 이끌어내는 결과를 만들어냈으니까.

그렇지만 태식이 펼친 그라운드에서의 노력은 이철승 감독뿐만 아니라, 강상문 감독에게도 깊은 인상을 남겼다.

수준급 선발투수를 얻기 위한 트레이드 카드.

그 이상도 이하도 아니었던 자신을 트레이드시키기 전에 미련이 생겨서 마지막 순간 트레이드를 망설였다는 것이 그 증거였다.

'만약 좀 더 많은 경기에 출전해서 계속 인상적인 플레이를

펼쳤다면?'

그랬다면 강상문 감독이 욕심을 가져서 태식이 주도했던 트
레이드가 불발로 끝났을 가능성이 높았다.

"만약 내게 계약 만료까지 1년만 더 시간이 있었다면… 널
심원 패롯스로 보내지 않았을 거다."

흔한 립 서비스가 아니었다.

강상문 감독의 말에는 진심이 묻어났다.

"가서 잘해라."

"네."

여전히 미련이 남는 걸까?

선뜻 작별 인사를 꺼내지 못하던 강상문 감독이 한참 만에
야 다시 입을 뗐다.

"네가 원하던 대로 야구 오래 해라."

"……?"

"그럼 다시 함께할 수 있는 날이 올지도 모르니까."

6. 트레이드

성심병원.

매스컴을 통해서 트레이드 사실이 알려지기 전에 소식을 전해 드리기 위해 태식은 아버지가 입원해 계신 병원으로 향했다.

병원 특유의 냄새가 코끝을 찔렀다.

엘리베이터를 타고 6층에 도착한 태식이 여느 때와 다름없이 아버지가 입원해 계신 병실을 향해 걸어갈 때였다.

"저기……."

데스크의 간호사가 태식을 불렀다.

"무슨 일이시죠?"

데스크에 모여 있는 간호사들의 시선이 일제히 자신에게 쏠려 있는 것을 확인한 태식의 표정이 굳어졌다.

혹시 아버지에게 무슨 안 좋은 일이 생긴 것이 아닐까 하는 걱정이 퍼뜩 들었기 때문이다.

"김태식 선수, 맞으시죠?"

"네? 네."

"사인 좀⋯ 받을 수 있을까요?"

간호사가 머뭇거리며 종이와 펜을 내밀었다.

그제야 긴장이 풀린 태식이 쓴웃음을 머금었다.

아버지가 입원해 계신 병실에 자주 들렀던 터라 자신에게 사인을 요청한 간호사는 낯이 익었다.

김미정이라는 이름도 알고 있을 정도였다.

그렇지만 그동안 단 한 번도 태식에게 말을 건 적이 없는 것은 물론이고, 알은체도 한 적이 없었다.

그녀의 태도는 갑자기 변해 있었다.

그 이유는 이제야 태식이 프로야구 선수인 것을 알아챘기 때문이리라.

'역시 야구를 잘하고 봐야겠군!'

속으로 생각했던 태식이 기꺼이 펜을 들어 사인을 해주었다.

"어머, 잘생겼다!"

"키도 크고."

"결혼했대?"

태식이 사인을 하는 사이, 조금 떨어진 곳에 모여 있던 간호사들이 수군거리며 나누는 이야기들이 들려왔다.

"여기 있습니다."

그사이 사인을 마친 태식이 김미정 간호사에게 종이와 펜을 돌려주었다.

"제 아버지, 아시죠?"

"네? 네."

"앞으로도 잘 좀 부탁드리겠습니다."

"네, 특별히 신경 쓸게요."

"감사합니다."

데스크를 떠나 605호 병실로 들어선 태식의 눈에 침대에 걸터앉아 있는 아버지의 모습이 들어왔다.

"힘드실 텐데 왜 일어나 계세요?"

"누워 계시라고 해도 자꾸 고집을 부리신다."

"괜찮다니까."

고집을 피우시는 아버지의 표정은 밝았다. 그래서 태식이 안도했을 때였다.

"다리야."

"네?"

"야구 선수는 하체가 중요해."

"……?"

"네가 부진에서 벗어난 이유. 하체의 힘이 받쳐주기 때문이야."

어머니의 만류에도 불구하고 기어이 침대에서 내려와 타격 모션까지 취하시더니 아버지가 충고를 건넸다.

그 모습을 지켜보던 태식이 힘차게 고개를 끄덕였다.

태식이 길고 길었던 부진에서 벗어나 최근 경기에서 맹활약을 펼치는 진짜 이유는… 기적이 벌어졌기 때문이다. 그리고 아버지는 그동안 야구와는 한참 거리가 먼 삶을 살아오셨다.

야구 선수인 태식의 뒷바라지를 하며 생계를 꾸려 나가기도 바쁘셨으니까.

그렇지만 태식은 아버지가 건넨 충고를 귀담아들었다. 아니, 귀담아듣는 척했다.

아버지가 건네신 충고가 옳은가 틀린가 따위는 중요치 않았다.

암에 걸려 수술을 하고 항암 치료와 함께 투병을 하기 시작한 후로, 아버지는 매사에 의욕을 잃었다.

삶에 대한 의지를 포기해 버린 듯한 무기력한 모습이 안타까웠는데.

지금 아버지는 다시 의욕을 되찾은 듯 보였다.

"아버지."

"왜? 내 말이 틀렸나?"

"아니요. 코치님들보다 나은데요."

"그래? 명색이 프로야구 선수 애비인데 이 정도는 해야지."

기꺼운 표정을 짓고 있는 아버지를 바라보던 태식이 잠시 망설였다.

과연 트레이드에 관한 소식을 투병 중인 아버지에게 알리는 것이 맞는가에 대한 확신이 서지 않았기 때문이었다.

그렇지만 망설임은 그리 길지 않았다.

매스컴이나 다른 사람의 입을 통해 전해 들으시는 것보다는 자신이 직접 말씀드리는 편이 낫다는 판단을 곧 내렸기 때문이다.

"아버지, 어머니, 놀라지 말고 들으세요."

"아직 놀랄 일이 더 남았냐? 암 걸리고 나선 이제는 어지간한 일에는 놀라지도 않아."

"무슨 일인데 그래?"

반응은 조금 달랐지만, 두 분 모두 걱정하는 기색이 역력했다.

"새로운 팀에서 뛰게 됐어요. 그러니까 트레이드를 통해 심원 패롯스로 팀을 옮기게 됐어요."

많이 놀라거나 실망하지 않을까 우려했는데, 트레이드 소식을 전해 들었음에도 아버지와 어머니의 표정에 실망한 기색은 떠오르지 않았다.

"괜찮아?"

어머니는 오히려 자식인 태식을 걱정했다.

"괜찮아요."

"하지만……."

"이번에는 제가 원했던 트레이드였어요. 심원 패롯스의 유니폼이 제게 더 잘 어울릴 것 같아서요."

태식이 애써 농담을 꺼냈지만 어머니의 표정은 밝아지지 않았다. 그래서 태식이 무슨 말로 안심을 시켜드릴까 고민하고 있을 때였다.

"상대는?"

아버지가 불쑥 끼어들며 질문을 던졌다.

"네?"

"누구와 트레이드됐냐고?"

"안주열입니다."

"안주열?"

태식이 심원 패롯스의 트레이드 카드였던 안주열의 이름을 꺼내자 아버지는 흡족한 표정을 지었다.

"혹시 아세요?"

"알다 말다. 제일 낫구나."

"네?"

"그동안 트레이드 상대들 가운데 가장 거물이란 말이다."

수준급 선발투수인 안주열에 대해 이미 알고 있던 아버지가 태식을 대신해서 어머니를 안심시키기 위해 나섰다.

"당신, 걱정할 필요 없어."

"그렇지만……."

"달라."

"네?"

"이 녀석이 달라졌다고."

"무슨 소리세요?"

"분명히 예전과는 달라. 그동안 대체 무슨 일이 있었는지는 모르겠지만, 이제 진짜 프로야구 선수가 된 것 같아. 그러니까… 알아서 잘할 거야."

태식은 속으로 뜨끔했다.

아버지가 자신에게 일어난 기적을 알아챈 것처럼 느껴졌기 때문이다.

"태식아!"

"네."

"야구도, 인생도 다 똑같다."

"……."

"자신감이 제일 중요해. 그러니까 기죽지 말아."

예전에도 건넸던 충고.

그렇지만 당시의 태식은 그 충고를 귀담아듣지 않았다.

아버지의 충고를 받아들일 마음의 준비가 돼 있지 않았기 때문이다.

그래서 트레이드를 당하는 횟수가 늘어날수록 당당하지 못하고 점점 자신감을 잃어갔었고.

"명심하겠습니다. 그리고… 아버지는 훌륭한 코치예요."

야구 선배는 아니지만, 아버지는 인생 선배였다.

적어도 인생 코치로서는 훌륭한 자격을 갖췄다.

"껄껄. 힘들 때 종종 찾아 와."

"네."

"대신 코치 연봉은 줘야 해."

"물론이죠."

그냥 하는 말이 아니었다.

그동안 부모님에게 실망스러운 모습만 보여 드렸으니, 이제부터라도 호강시켜 드릴 생각이었다.

"오래 사셔야 합니다."

"응?"

"앞으로 야구 오래 할 테니까요. 자식이 진짜 프로 선수로 성장하는 모습을 계속 지켜봐 주셔야죠."

힘차게 고개를 끄덕이는 아버지를 확인한 태식의 마음이 그제야 홀가분해졌다.

*   *   *

<마경 스왈로우스와 심원 패롯스, 김태식과 안주열이 포함된 2 대 1 트레이드 합의>

마경 스왈로우스의 3연패를 끊어낸 장외 3점 홈런은 태식이 공들여 준비했던 시나리오의 완벽한 방점이었다.

덕분에 태식과 용덕수는 트레이드를 통해서 심원 패롯스 팀으로 적을 옮기게 되었다.

태식의 야구 인생에서 8번째 팀.

이젠 무던해질 때도 됐다고 생각했는데, 트레이드 소식을 기사로 접한 순간 태식의 심장은 거칠게 뛰었다.

그동안 태식이 경험했던 트레이드들과 이번 트레이드는 분명히 다른 점이 존재했기 때문이다.

우선, 매스컴을 통해서 발표되기 전에 태식은 강상문 감독에게서 트레이드 합의 소식을 먼저 전해들을 수 있었다.

물론 감독님에게서 트레이드 합의 소식을 듣는 것이 이번이 처음은 아니었다.

태식의 생애 첫 트레이드에서도 감독님에게 먼저 소식을 전해 들었다. 그렇지만 분명히 차이는 있었다.

당시의 태식이 하늘이 무너져 내린 것 같은 큰 충격을 받았던 것과 달리, 이번에는 전혀 놀라지 않았다.

선수의 의사와 상관없이 몰래 진행된 트레이드가 아니었기 때문이다.

다음으로 트레이드 소식을 전하는 매스컴의 기사 제목에 태식의 이름이 다시 등장했다는 점도 달랐다.

세 번째 트레이드 때부터는 트레이드 당사자임에도 불구하고 태식의 이름은 아예 기사 제목에 등장조차 하지 않았었다.

'내 이름을 각인시킨다!'

야구팬들의 기억 속에서 잊힌 자신의 이름을 이번 기회를 계기로 확실하게 각인시키겠다고 태식은 다짐했다.

그리고, 마지막이자 가장 결정적인 차이점은 이번 트레이드에 선수인 태식이 주도적으로 관여했다는 점이었다.

지난 여러 차례의 트레이드 과정에서 태식은 전혀 관여하지 못했다.

프런트 또는 감독의 주도하에 트레이드가 진행되었고, 선수 본인의 의사와 상관없이 트레이드 합의가 된 후에 일방적으로 통보를 받았을 뿐이다.

그러나 이번만큼은 달랐다.

태식이 짠 시나리오대로 트레이드가 진행이 되었고, 그 결과 태식이 직접 자신이 뛸 팀을 선택한 것이나 마찬가지였다.

'또 새로운 시작이로군!'

KBO 리그에 새로운 기록을 쓴 6번째 트레이드.

여기서 끝이 아니라 또다시 새로운 시작이었다.

상상 속에서 무척 잘 어울렸던 심원 패롯스의 하얀색 유니폼을 입은 자신의 모습을 떠올리던 태식이 장밋빛 미래를 꿈꿀 때였다.

"형."

기차의 옆자리에 앉아 있던 용덕수가 조심스럽게 입을 뗐다.

"이걸 좋아해야 하는 건가요?"

태식은 여섯 번째 트레이드였지만, 용덕수는 이번이 첫 번째 트레이드였다.

그래서일까?

처음 1군에 올라올 때 못지않게 긴장한 기색이 역력한 용덕수의 표정을 확인한 태식이 씩 웃으며 물었다.

"왜? 걱정돼?"

"네?"

"나처럼 될까 봐 두렵냐는 뜻이야."

KBO 리그를 대표하는 저니맨.

생애 여섯 번째 트레이드를 당한 태식의 현주소였다.

정곡을 찔린 탓일까?

말문이 막힌 채 어쩔 줄 몰라 하는 용덕수의 어깨를 툭 치며 태식이 말을 이었다.

"걱정할 것 없어. 나처럼 되지는 않을 테니까."

"정말 그렇게 될까요?"

여전히 우려하는 표정을 감추지 못하는 용덕수에게 태식이 힘주어 덧붙였다.

"심원 패롯스가 우리 야구 인생의 마지막 팀이 될 테니까."

*　　　*　　　*

2 대 1 트레이드.

트레이드에 대한 고민으로 인해 며칠간 불면의 밤을 보냈던 이철승은 결국 날이 밝자마자 마경 스왈로우스의 감독인 강상문에게 먼저 전화를 걸었다.

그 후로는 일사천리였다.

비록 공식적인 논의는 없었지만 이미 서로가 원하는 것이 무엇인지 어느 정도 알고 있는 상황이었기 때문이었다.

물론 트레이드 합의 전까지 망설이지 않았다면 거짓말이다.

'손해를 보는 게… 아닐까?'

몇 번씩이나 스스로에게 던졌던 질문.

그때마다 이철승이 떠올린 용어는 '패닉 바이(Panic buy)였다.

패닉 바이(Panic buy).

사재기를 한다는 뜻의 단어.

그렇지만 패닉 바이는 축구를 비롯한 스포츠에서도 통용되는 단어였다. 그리고 스포츠계에서의 패닉 바이는 조금 다른 의미로 통했다.

이적 시장 마감을 앞두고 팀의 전력 보강을 위해서 확실한 검증 없이 앞뒤 안 가리고 선수를 영입하는 것을 의미하는 용어였다. 그리고 패닉 바이를 통한 검증 없는 선수 영입은 실패할 확률이 무척 높았다.

'이 선택이 패닉 바이가… 아닐까?'

트레이드를 합의하는 마지막 순간까지 이철승은 계속 이 질문을 스스로에게 던졌다. 그렇지만 결국 트레이드에 합의했다.

그 이유는 크게 셋이었다.

첫 번째 이유는 심원 패롯스의 팀 내 사정이었다.

현재 리그 최약체로 평가받는 한성 비글스와 탈꼴찌 경쟁을 펼칠 정도로 심원 패롯스는 하위권에 처져 있지만, 이철승은 아직 올 시즌을 포기하지 않았다.

"치고 올라갈 동력은 갖고 있어!"

시즌이 시작되기 전, 야구 전문가들이 심원 패롯스를 우승 후보로 점찍은 이유이자 팀의 장점은 풍부한 선발진이었다.

비록 트레이드를 통해 안주열이 팀을 떠났지만, 장점은 여전히 남아 있다. 막강한 5선발 체제를 구축하고 있으니까.

"약점만 보완한다면?"

주전 포수인 강만호와 3루수 김대희의 예기치 못한 부상과 슬럼프로 인해 하위권으로 처져 있지만, 만약 두 포지션의 약점만 보완한다면 충분히 중위권으로 치고 올라갈 힘이 있었다.

"아직 올 시즌을 포기하긴 일러."

만약 이번 트레이드로 반등에 성공해 와일드카드로라도 가을 야구에 진출할 수 있다면, 우승의 가능성은 여전히 남아 있었다.

두 번째 이유는 급박하게 진행되는 트레이드 시장의 분위기 때문이었다.

<잠잠하던 트레이드 시장, 올 시즌은 다를까?>

일간 신문의 스포츠면에 실렸던 이 기사가 이철승의 마음을 조급하게 만든 시발점이었다.

<트레이드 시장, 치열한 순위 다툼의 변수가 될까?>

그리고 매일 스포츠 신문에 실렸던 이 기사를 확인한 순간, 이철승은 더 이상 여유를 부릴 수 없었다.

지방 연고 모 구단이 트레이드를 위해 두 구단과 접촉 중이고, 그중 한 구단과는 트레이드에 대한 논의가 상당히 진척된 상황이라는 증거가 속속 나오고 있다는 기사 내용은 무척 구체적이었다.

자칫 잘못하면 강상문 감독이 트레이드 카드로 생각하고 있는 김태식과 용덕수를 다른 팀에 빼앗길 수도 있다는 걱정이 들어서 느긋하게 기다릴 수 없었고, 결국 먼저 연락을 하게 된 것이다.

마지막 세 번째 이유는 영입 후보로 염두에 두고 있던 김태식과 용덕수에게 어느 정도 확신이 생겼기 때문이었다.

이철승에게 필요한 것은 두 선수에 대한 검증.

그러나 강상문 감독이 두 선수를 경기에 출전시키지 않는 바람에 검증의 기회가 절대적으로 부족했다.

해서 두 선수에 대한 확신을 갖지 못하고 있었다. 그런데…….

"아주… 강렬했지."

마경 스왈로우스와 대승 원더스의 3연전 마지막 경기.

3연승 후 3연패에 빠지며 스윕을 당할 위기까지 처했던 마경 스왈로우스의 강상문 감독은 용덕수를 출전시켰다.

선발 라인업에 복귀한 용덕수는 강상문 감독의 기대에 부응했다.

3타수 2안타, 볼넷 하나.

1군 경기에서 처음으로 멀티 안타를 때려냈을 뿐만 아니라, 세 번이나 출루하며 마경 스왈로우스 공격의 첨병 역할을 해냈다.

공격만이 아니었다.

수비에서도 뛰어난 블로킹 능력과 번트 수비 능력을 뽐내며 신인답지 않게 안정적으로 경기를 풀어갔다.

"물건이라는 확신이 그때 생겼지."

용덕수의 활약을 확인했음에도 여전히 아쉬움이 남았다.

심원 패롯스의 약점 중 하나인 3루수를 맡아줄 또 한 명의 후보인 김태식이 경기에 등장하지 않았기 때문이다.

그렇지만 이철승은 그 아쉬움을 곧 털어낼 수 있었다.

대타 요원!

2 : 2 동점 상황, 7회 말 2사 1, 2루의 찬스에서 김태식이 대타자로 등장했다.

그것도 팀의 4번 타자인 최원우의 타석 때 대타자로 출전한 것이다. 그리고 김태식은 강상문 감독의 믿음에 보답했다.

승부에 쐐기를 박는 역전 쓰리런.

그것도 장외 홈런이었다.

"입이 쩍 벌어질 정도로 아름다웠지."

물론 직접 현장에서 경기를 지켜본 것은 아니었다.

그렇지만 수십 번이나 돌려 본 영상을 통해서 확인한 김태식의 스윙은 아름답다는 생각이 들었을 정도였다.

완벽한 수 싸움의 승리.

직구가 들어올 것이라는 확신을 가진 채 힘차게 돌린 김태식의 스윙은 아무리 흠을 찾으려 해도 찾을 수 없었다.

그 스윙이 이철승의 마음에 마침내 확신을 심어주었다. 그래서 트레이드에 합의해 김태식과 용덕수를 영입한 것이었고.

<마경 스왈로우스와 심원 패롯스, 김태식과 안주열이 포함된 2 대 1 트레이드 합의>

태블릿을 들어 올린 이철승이 트레이드 합의 소식이 담긴 기사에 달려 있는 댓글을 쭉 살펴보았다.

―우와, 진심 미쳤다.

―감독 클라스 봐라. 망했네. 망했어.

―긴 말 필요 없다. 마경 스왈로우스 개이득!

―퇴물들 끌어안고 침몰하는 심원 패롯스호!

댓글을 살피던 이철승이 표정을 굳혔다.

과감하게 이번 트레이드를 단행한 심원 패롯스 팀과 감독인 자신에게 호의적인 댓글을 찾아볼 수 없었다.

심원 패롯스 팬들을 중심으로 일방적인 비난이 쏟아지고 있었다.

"예상했던 반응이지."

김태식과 용덕수를 트레이드로 영입하면서 마경 스왈로우스에게 내준 선수는 바로 안주열이었다.

좌완 정통파인 안주열의 지난 시즌 성적은 7승 8패 방어율 4.24였다. 그리고 지난 시즌까지 선발과 불펜을 오갔던 안주열은 올 시즌 팀의 5선발을 꿰차면서 5승 4패 방어율 3.98로 좋은 활약을 펼치고 있었다.

만약 선발투수 자원이 풍부한 심원 패롯스가 아닌 다른 팀 소속이었다면, 안주열은 3선발 혹은 4선발을 맡을 수 있는 좋은 투수 자원이었다.

게다가 안주열의 나이는 이제 스물다섯.

아직 어깨가 싱싱한 젊은 투수였다.

그래서 비난 여론이 더욱 거셌다.

서른일곱이나 먹은 퇴물 취급을 받는 노장 선수를 영입하기 위해서 심원 패롯스의 미래라고 평가받는 안주열을 내보낸 것이 팬들의 화를 북돋운 것이었다.

"일단 영입에 성공하긴 했는데… 앞으로 해결해야 할 문제들이 산적했군."

태블릿을 탁자 위에 내려놓은 이철승이 한숨을 내쉬었다.

팬들은 물론이고 프런트의 반대를 무릅쓰면서까지 김태식과 용덕수를 심원 패롯스로 영입했다.

그렇지만 문제는 이제부터 시작이었다. 해서 깊은 한숨을 내쉬던 이철승이 답답한 표정을 짓고 있을 때였다.

똑똑똑.

노크 소리를 들은 이철승이 문을 열었다.

면담을 청하고 자신을 찾아온 것은 팀의 주장인 김대희였다.

"무슨 일이지?"

"드릴 말씀이 있어서 찾아왔습니다."

격앙된 목소리.

흥분한 탓에 잔뜩 상기되어 있는 김대희의 얼굴색을 확인한 이철승이 속으로 한숨을 내쉬었다.

'벌써 문제가 시작됐군.'

                    *   *   *

'내가 선택한 팀이다!'

심원 패롯스의 하얀색 유니폼을 입게 된 후, 팀의 수장인 이철승 감독과의 첫 대면.

이미 여러 차례 트레이드를 경험했던 태식이지만 가슴이 떨리는 것은 어쩔 수 없었다.

"제 가치를 알아봐 주시고 팀에 영입해 주서서 감사합니다."

태식이 조심스럽게 인사를 건네며 이철승 감독의 표정을 살폈다.

트레이드를 통해 자신과 용덕수를 영입하는 데 성공했지만, 이철승 감독의 표정은 밝지 않고 어두웠다.

그 이유를 태식은 어느 정도 짐작했다.

양 팀 간의 트레이드 합의 소식이 흘러나오자마자, 팬들은 물론이고 전문가들조차 이철승 감독의 선택을 맹비난했다.

ㅡ마경 스왈로우스의 압도적인 이득.

속된 말로 마경 스왈로우스의 개이득.

이것이 현재까지 트레이드를 둘러싼 분위기였다.

팬들은 물론이고 프런트와 매스컴들까지 등을 돌려 버린 마당이니, 이번 트레이드를 주도한 이철승 감독이 느끼는 부담감은 엄청나리라.

"모두 내 선택이 틀렸다고 말하지만, 나는 틀리지 않았다고 생각한다. 그만큼 너와 덕수에게 거는 기대가 크다."

그래서일까.

사뭇 비장한 표정으로 이철승 감독이 운을 뗐다.

"너도 이제 프로 선수로서 경험이 많이 쌓였으니 지금의 비난을 잠재울 방법은 이미 알고 있겠지?"

"물론입니다."

실력, 그리고 결과물.

실패한 트레이드라는 비난을 잠재울 수 있는 방법은 심원 패롯스의 성적이 반등할 수 있도록 태식과 용덕수가 어떤 역할을 하는 것이다.

그때는 지금 물밀듯이 쏟아지고 있는 거센 비난 여론도 언제 그랬냐는 듯이 잠잠해질 터였다.

해서 태식이 속으로 각오를 다지고 있을 때, 이철승 감독이 약속했다.

"기회는 준다."

"……"

"그러나… 그 기회를 잡는 건 네 몫이다."

팀의 미래라고 평가받던 젊은 유망주 투수인 안주열을 내주는 출혈을 감수하고 자신과 용덕수를 영입했으니, 이철승 감독은 분명히 기회를 줄 터였다.

그렇지만 그의 말처럼 주어진 기회를 잡는 것은 자신과 용덕수의 몫이었다.

"기량은 의심하지 않는다. 하지만 문제는 적응이야."

"……?"

"선수단 분위기가 심상치 않아."

짤막한 한숨을 내쉰 후 굳은 표정의 이철승 감독이 덧붙였다.

그가 덧붙인 말을 듣는 순간, 태식은 이철승 감독의 낯빛이 어두웠던 또 다른 이유를 알아챘다.

서로의 필요에 의해서 양 팀의 선수를 교환하는 트레이드.

얼핏 살피기에는 선수 한두 명이 팀을 바꾸는 트레이드는 무척 간단해 보였다. 그러나 트레이드는 절대 간단치 않았다.

'저니맨'이라 불리우며 트레이드에 관해서는 반전문가 수준이 된 태식이기에 그 사실을 누구보다 잘 알았다.

트레이드는 단지 선수 한두 명이 팀을 바꾸는 것이 다가 아니었다.

트레이드를 통해서 팀을 떠난 선수와 팀에 새로이 영입된 선수로 인해서 팀 분위기가 바뀌게 마련이었다.

더구나 새로이 팀에 영입된 선수와 포지션이 겹치는 선수들이라면 더욱 민감하게 반응할 수밖에 없었다.

선수 입장에서 자신에 대한 감독의 신뢰가 멀어졌다는 생각에 서운함을 표하는 것은 당연지사.

연봉이 높고 인지도가 있는 선수일수록 그 서운함은 더 클 터였다.

'단지 그게 다가 아닐 수도 있어!'

그저 서운함을 표출하는 것에서 멈추는 것이 아니라, 최악의 경우에는 감독에 대한 반발심을 품고 단체 행동에 나설 수도 있었다.

'김대희, 그리고 강만호!'

태식과 용덕수의 잠재적인 포지션 라이벌들이었다.

김대희는 지난 시즌을 마치고 4년 80억이라는 FA 대박을 터뜨렸고, 강만호도 주전 포수로 3억이 넘는 연봉을 받고 있다.

두 선수 모두 심원 패롯스를 상징하는 프랜차이즈 스타들이었고, 더구나 김대희는 팀의 주장을 맡고 있다.

이철승 감독이 말한 심상치 않은 선수단 분위기를 조성한 것에는 이 두 선수가 주축이 되어 있을 가능성이 높았다.

'간단치 않겠군!'

마경 스왈로우스 소속으로 1군 무대에 복귀했을 당시, 용덕수와 자신을 대하는 선수들의 태도는 싸늘했다.

그렇지만 당시의 태식은 크게 신경 쓰지 않았다.

트레이드를 통해서 곧 팀을 떠날 것을 알고 있었기 때문이다.

그런데 지금은 상황이 조금 달랐다.

트레이드를 통해서 어렵사리 심원 패롯스 소속 선수가 된 순간, 태식은 속으로 다짐했다.

심원 패롯스의 프랜차이즈 스타가 되겠다고.

즉, 태식은 심원 패롯스를 떠날 생각이 전혀 없는 것은 물론이고, 어떻게든 이 팀에 적응하면서 활약을 해야 했다.

그건 용덕수도 마찬가지였고.

'쉽지 않겠어!'

트레이드를 통해 여러 차례 팀을 옮기면서 텃세를 당한 경험은 많았다. 그렇지만 이번은 과거와 또 달랐다.

김대희와 강만호라는 잠재적 포지션 라이벌들의 입지가 워낙 팀 내에서 확고했기 때문이다.

"분명히 적응이 쉽지 않을 거야. 만약 내 도움이 필요하면서 주저하지 말고 언제든지 찾아오도록 해."

이철승 감독이 꺼낸 말을 들은 태식이 망설이지 않고 입을 뗐다.

"감독님께서 도와주셨으면 하는 것들이 있습니다."

*   *   *

"밥맛도 없네요."

평소 용덕수는 식성이 좋은 편이었다.

얼마 전, 마경 스왈로우스 팀의 1군으로 올라왔을 때만 해도 밥과 반찬들이 너무 맛있다면서 몇 번씩이나 음식을 더 담아 와서 싹싹 비우곤 했다.

심원 패롯스의 식당 음식도 훌륭한 편이었다. 오히려 마경 스왈로우스보다 더 나은 편이었다.

그렇지만 오늘 용덕수는 젓가락으로 밥알의 수를 헤아리듯이 계속 뒤적거리기만 하고 있었다.

"눈치가 보여서요."

용덕수가 입맛을 잃은 이유는 심원 패롯스 식당의 음식이 맛이 없어서가 아니라, 텃세 때문이었다.

"원래 이런가요?"

"그래, 텃세는 어디든지 있는 법이니까."

태식이 담담한 목소리로 대꾸하자, 한숨을 내쉰 용덕수가 다시 물었다.

"형은 그동안 어떻게 버티셨어요?"

"못 버텼어."

"……?"

"야구계에서 잊힌 선수가 된 데는 적응에 실패한 것도 한몫했지."

태식이 쓰게 웃으며 한마디를 더했다.

"그런데 좀 심하군."

"네?"

"여러 차례 팀을 옮기면서 텃세를 경험해 봤지만, 아예 인사를 하는 자리조차 마련해 주지 않는 건 이번이 처음이야."

트레이드를 통해서 팀을 옮기면 기존 선수들과 인사를 나눌 수 있도록 자리가 마련되는 것이 일반적이었다.

그렇지만 이번에는 그 인사 자리조차 마련되지 않았다.

'김대회가 일부러 움직이지 않았어!'

보통 기존 선수들과의 인사 자리를 마련해 주는 것은 팀의 주장을 맡고 있는 선수의 역할이었다.

그렇지만 심원 패롯스의 현 주장인 김대회는 자신에게 주어진 역할을 전혀 이행하지 않았다.

"완전 투명인간 취급인데요."

용덕수가 볼을 부풀린 채 토해낸 불만을 들은 태식이 고개를 끄덕였다.

어쩌면 그게 김대회를 비롯한 심원 패롯스 소속 선수들이 원하는 것인지도 모른다는 생각이 들었기 때문이다.

"앞으로 어쩌죠?"

"그 질문에 대한 답은 너도 이미 알고 있잖아."

"실력으로 텃세를 극복하라는 거죠?"

"그래. 잘 알고 있네."

"저도 잘 아는데……."

"그런데?"

"자신이 없네요. 우리 편이 한 명도 없잖아요."

용덕수가 울상을 지은 채 꺼낸 말을 들은 태식이 고개를 흔들었다.

"우리 편이 있긴 해."

"누구요?"

"감독님."

유망주인 안주열을 트레이드 카드로 내세우면서 태식과 용덕수를 영입하는 결정을 내린 것은 이철승 감독이었다.

이번 트레이드를 진두지휘하며 거센 비난을 받고 있는 이철승 감독은 태식과 용덕수의 활약을 진심으로 바라고 있었다.

그래야 비난을 한 사람들에게 선수를 보는 자신의 안목이 틀리지 않았다는 것을 증명할 수 있을 테니까.

또, 최하위로 추락할 위기에 처한 심원 패롯스의 성적이 더 늦기 전에 반등할 수 있을 테니까.

"실력으로 텃세를 극복해야 한다는 건 바뀌지 않아. 그렇지만 이번에는 접근 방식을 좀 달리할 생각이야."

"접근 방식을 달리한다니요?"

"유연하게 접근하자고."

"유연하게요?"

태식이 물을 한 모금 마신 후, 의아한 시선을 던지는 용덕수에게 대답했다.

"너무 단단하면 부러지는 법이거든."

*   *   *

39승 48패, 리그 순위 9위.

리그 중반을 훌쩍 넘어선 현재 심원 패롯스의 성적이었다.

5할 승률에 한참 모자랐고, 현재 리그 선두를 달리고 있는 우송 선더스와의 격차는 11게임이었다.

수치상으로 리그 선두 탈환은 어려워진 상황.

이철승이 현실적으로 바라는 것은 가을 야구 참가의 마지노선인 리그 5위에 오르는 것이었다.

그 목표를 이루기 위해서 김태식과 용덕수를 팀에 영입한 것이었고.

"여유가… 없어!"

트레이드를 통해서 시즌 중에 심원 패롯스로 영입된 김태식과 용덕수에게 필요한 것은 적응을 위한 시간이었다.

연착륙이란 표현처럼 서서히 적응하며 팀에 녹아들 수 있다면 가장 좋을 텐데.

팬들의 거센 비난.

김대희와 강만호를 주축으로 한 기존 선수들의 불만.

그리고 하위권으로 추락해 있는 심원 패롯스의 팀 성적까지.

여러 모로 여유가 없는 상황이었다.

오죽하면 김태식과 용덕수에게 미안하고 안쓰러운 마음까

지 들었을까.

"무슨… 생각일까?"

감독석에 앉아 있던 이철승이 고개를 돌렸다.

선발 라인업에서 제외된 채 더그아웃에 앉아 있는 김태식을 곁눈질로 살피던 이철승이 고개를 갸웃했다.

"분명히 적응이 쉽지 않을 거야. 만약 내 도움이 필요하면서 주저하지 말고 언제든지 말하도록 해."

첫 면담을 하던 당시, 이철승이 꺼냈던 말이었다.

그 말이 끝나기 무섭게 김태식이 꺼낸 부탁은 분명히 예상 밖이었다.

"출전 기회를 줄여주십시오."

전혀 예상치 못한 부탁.

시즌 도중에 트레이드를 통해서 팀을 옮긴 상황이니만큼, 최대한 많은 경기에 출전할 수 있는 기회를 얻고 싶어 해야 정상이었다.

그렇지만 김태식은 정반대의 선택을 내렸다.

"자신이 있다는 건가?"

담담한 김태식의 표정을 살피던 이철승이 그라운드로 시선을 던졌다.

리그 최하위인 한성 비글스와의 3연전 첫 경기.

"이게 길이 될지, 흉이 될지 모르겠군."

리그 9위인 심원 패롯스와 리그 하위권인 한성 비글스의 격차는 한 게임 반 차.

이번 3연전 결과에 따라서 심원 패롯스가 리그 최하위로 추락할 수도 있는 상황이었다.

그만큼 부담이 심한 경기이지만, 리그 최하위인 한성 비글스를 상대로 스윕을 거둔다면 침체된 팀 분위기를 반전시킬 수 있는 기회이기도 했다.

김태식과 용덕수가 트레이드 후에 나서는 첫 경기가 마침 리그 하위권인 한성 비글스라는 것이 무척 공교롭다는 생각이 들었다.

이 대진이 길이 될지, 흉이 될지 여전히 알 수 없는 상태로 이철승이 그라운드로 시선을 던졌다.

7. 야유

심원 패롯스 VS 한성 비글스.

탈꼴찌 경쟁을 펼치고 있는 두 팀의 3연전 첫 경기는 양 팀의 외국인 에이스들이 호투를 펼치며 7회까지 0의 행진이 이어졌다.

선발 3루수로 출전한 김대희가 두 눈을 가늘게 좁힌 채 심원 패롯스의 선발투수인 톰 하디를 바라보았다.

7과 1/3이닝을 소화한 톰 하디는 이렇다 할 위기 없이 산발 4안타만 허용하면서 마운드에서 좋은 모습을 보이고 있었다.

그렇지만 투구 수가 어느덧 100개에 가까워진 탓에 등을 들썩이면서 지친 기색을 드러내고 있었다.

"그게… 아닌가?"

톰 하디의 얼굴 표정은 보이지 않았지만, 김대희는 지금 톰 하디의 들썩이는 등이 지쳤기 때문이 아니라 자신이 조금 전에 저지른 실책 때문에 화가 났기 때문일지도 모르겠다는 생각이 퍼뜩 들었다.

"젠장!"

8회 초에 접어들자마자 첫 타자를 삼진으로 돌려세웠던 톰 하디는 두 번째 타자에게 중전 안타를 허용하며 1사 1루의 위기에 처했다.

그렇지만 톰 하디는 흔들리지 않고 노련하게 유인구를 던져서 후속 타자에게 내야 땅볼을 이끌어냈다.

3루 쪽으로 향하는 타구.

조금 느리게 굴러오는 편이긴 했지만, 충분히 더블 아웃을 시킬 수 있는 코스의 내야 땅볼이었다.

병살 플레이를 만들기 위해서 앞으로 대시한 김대희가 1루 주자의 위치를 살피며 글러브를 갖다 댔다.

그런데 타구가 글러브 속으로 빨려 들어오는 대신, 글러브 끝부분에 맞고서 바닥에 떨어졌다.

데구르르.

재빨리 바닥에 떨어진 공의 위치를 다시 찾아낸 김대희가 맨손으로 공을 주워 들었다.

'늦었다!'

공을 한 번 더듬은 탓에 더블 아웃을 시키기에는 늦은 상황.

김대희는 타자 주자라도 아웃시키기 위해서 1루로 송구했다. 그런데 너무 서두른 탓에 송구의 방향이 정확치 않았다.

1루 베이스에 발을 붙이고 있던 1루수가 팔을 쭉 뻗었지만, 왼쪽으로 한참 치우친 송구는 글러브를 스치고 지나갔다.

원래라면 더블 아웃으로 이닝이 종료됐어야 했는데, 자신의 잇따른 실책으로 인해 1사 2, 3루의 찬스를 허용한 것이다.

'한심하긴!'

실책을 범했던 순간을 떠올리던 김대희가 지그시 입술을 깨물며 고개를 떨궜다.

트레이드를 통해서 김태식과 용덕수가 팀에 영입된 후 치르는 첫 경기.

솔직히 말하면 자존심이 크게 상했다.

팀의 주장이자 프랜차이즈 스타인 자신이 주전 3루수로 뛰고 있는 상황임에도 불구하고, 이철승 감독은 트레이드를 통해서 김태식을 영입했다.

즉, 자신을 믿지 못하고 있다는 뜻이었다.

물론 올 시즌에 김대희가 기록한 성적이 이철승 감독이나 팬들의 기대에 미치지 못하는 것은 사실이었다.

그렇지만 겨우 한 시즌일 뿐이었다.

아직 계약 기간은 많이 남아 있었고, 머잖아 전성기 때의 기량을 되찾을 터였다.

그새를 못 참고 유망주 투수인 안주열을 내주는 출혈까지 감수하면서 김태식을 영입했다는 것이 김대희는 마음에 들지 않았다.

그래서 트레이드에 합의했다는 소식을 전해 듣자마자 이철승 감독을 직접 찾아갔던 것이고.

"감독님, 서운합니다. 저와 만호를 못 믿으시는 겁니까? 슬럼프와 부상 때문에 저희가 부진한 것은 인정하지만, 곧 예전 기량을 회복할 테니 조금 더 시간과 기회를 주십시오. 그리고… 만약 감독님께서 앞으로도 마이웨이 식으로 팀 운영을 계속하신다면, 저를 비롯한 선수들도 가만히 있지 않을 겁니다."

당시 김대희가 이철승 감독을 찾아가서 건넸던 말이다.

일종의 협박이나 다름없는 선전포고.

어쩌면 감독과 선수 간의 파워 게임의 시작일 수도 있었다.

무척 위험한 선택이었지만, 팀의 주장을 맡고 있는 김대희는 이 파워 게임에서 이길 자신이 있었다.

팀의 주장을 맡고 있는 자신과 강만호는 팬들의 성원과 지지를 등에 업고 있는 팀의 프랜차이즈 스타인 반면, 이철승 감독은 부임 후 2년째인 올해도 하위권에 머물며 팬들의 지지에서 멀어진 상태였다.

특히 이번 트레이드가 결정타가 되어서 팬들의 마음은 이철승 감독에게서 더욱 돌아섰다.

'절대 무시할 수 없어!'

그런 김대회의 예상은 들어맞았다.

이철승 감독이 김태식과 용덕수를 오늘 경기의 선발 라인업에서 제외한 것이 지금 상황의 심각성을 인지하고 있다는 증거였다.

어쨌든, 그래서 오늘 경기를 더 잘하고 싶었는데.

공격은 물론이고, 수비에서도 실책을 범하며 김대회의 뜻대로 되지 않았다.

"막아줘!"

들썩이고 있는 톰 하디의 등을 응시하며 김대회가 부탁했을 때였다.

따악!

톰 하디의 3구를 공략한 타구는 중견수 쪽으로 향했다.

원래 수비 위치에서 몇 걸음 뒤로 물러나 공을 잡은 중견수 임태규는 태그업을 시도하는 3루 주자를 아웃시키기 위해서 홈으로 송구하는 대신, 2루 주자를 3루에서 아웃시키는 것을 택했다.

쐐애액!

노바운드로 들어온 임태규의 송구는 정확했다.

"아웃."

태그업을 시도한 2루 주자를 3루에서 잡아내며 그대로 이닝이 종료됐다.

"빌어먹을!"

그렇지만 김대희는 웃지 못했다.

톰 하디가 실점을 허용하지 않고 막아주길 바랐는데.

0 : 1.

자신의 결정적인 실책이 빌미가 되어서 팽팽하던 0의 균형이 경기 후반부인 8회에 깨어졌기 때문이다.

더그아웃으로 돌아오던 김대희의 시선이 김태식에게로 향했다.

'좋아?'

잠재적인 포지션 라이벌인 자신이 범한 실책으로 인해 실점을 허용하는 것을 더그아웃에서 고스란히 지켜본 김태식의 표정은 밝지 않았다.

그렇지만 애써 표정 관리를 하고 있는 것뿐이었다.

지금 김태식은 자신이 실점의 빌미가 된 결정적인 실책을 저지른 것을 내심 반기고 있을 것이 분명했다.

'타석에서… 만회해야지!'

실책을 저지르기 전으로 시간을 되돌리고 싶었지만, 그것은 불가능했다. 그러니 타석에서 자신의 실수를 만회해야 했다.

8회 말, 한성 비글스의 마운드는 여전히 선발투수이자 팀의 에이스인 마이크 우즈가 지키고 있었다.

7이닝 2안타, 볼넷 하나, 무실점.

오늘 경기에서 거의 완벽에 가까운 투구를 펼치고 있는 마이크 우즈의 현재까지 투구 수는 고작 84개.

적은 투구 수를 감안하면 완봉승까지도 노려볼 수 있는 상황이었다.

"이번 이닝에 따라잡지 못하면 어려워."

8회 말 심원 패롯스의 공격은 클린업트리오부터 시작이었다.

완봉승을 의식한 걸까.

마이크 우즈는 지금까지의 투구와 달리 신중하게 승부를 펼쳤다.

"볼넷!"

3번 타자 최순규가 유인구를 참아내면서 볼넷을 얻어 선두 타자가 출루했다. 그리고 4번 타자인 이명기는 초구 직구를 노려서 1, 2루 간을 꿰뚫는 안타를 쳐냈다.

무사 1, 2루.

바라던 대로 아까의 실책을 만회할 수 있는 기회가 타석에 찾아온 순간, 김대희가 두 눈을 빛냈다.

적시타!

최소 동점을 만드는 적시타를 쳐내겠다는 각오를 다지며 막 타석으로 향하려 한 순간이었다.

"유현신, 대주자로 나간다!"

승부처라고 판단해서일까?

이철승 감독은 1루 주자인 이명기를 대주자 유현신으로 교체했다. 그리고 이철승 감독의 지시는 아직 끝이 아니었다.

"김태식, 대타자로 나간다."

이철승 감독의 이어진 지시를 듣고서 김대희가 인상을 구겼다.

이번 찬스를 절대 놓치지 않겠다고 단단히 각오를 했는데, 김대희에게는 타석에 설 기회조차 주어지지 않았다.

그 사실을 깨달은 김대희가 더그아웃으로 고개를 돌렸다.

슬그머니 시선을 피하고 있는 이철승 감독의 앞으로 김대희가 다가갔다.

"왜 하필… 지금 대타 작전을 펼치시는 겁니까?"

"지금이 승부처니까."

"그러니까 제게 더 맡겨주셔야 할 것 아닙니까?"

더그아웃의 분위기가 순식간에 싸늘하게 변했다.

선수 기용은 감독 고유의 권한이란 것을 김대희도 모를 리 없었다.

그러니 이쯤에서 멈춰야 했지만, 화가 머리 꼭대기까지 치밀어 오른 터라 도중에 멈출 수가 없었다.

기분이 상한 걸까.

팔짱을 끼고 있던 이철승 감독에게서는 어떤 대답도 돌아오지 않았다.

더 기다리지 못하고 김대희가 대답을 재촉했다.

"왜 아무 대답이 없으십니까?"

"김대희!"

"말씀하시죠."

"내 말 똑똑히 들어. 선수 기용은 감독인 내 권한이야."

"하지만……."

"형편없잖아."

"……?"

"18타수 2안타. 지난 다섯 경기에서 네가 타석에서 남긴 기록이야. 올 시즌 내내 엉망이던 타격감이 최근 들어 더 엉망이란 뜻이지. 그런데도 네게 맡기라고?"

정곡을 찔린 김대희의 말문이 순간 막혔을 때, 이철승 감독이 쐐기를 박듯이 덧붙였다.

"최근 타격감이 너보다 더 좋은 타자에게 이번 찬스를 맡긴 것뿐이야. 왜? 아직도 설명이 모자라? 무슨 설명이 더 필요한가?"

꽈악!

김대희가 주먹을 움켜쥐면서 지그시 입술을 깨물었다.

무척 분하긴 했지만, 이철승 감독이 방금 꺼낸 말에 틀린 부분은 없었다.

쾅!

이철승 감독을 노려보다가 먼저 몸을 돌린 김대희가 방망이를 거칠게 내던진 후 그라운드로 고개를 돌렸다.

우우!

우우우!

자신을 대신해서 타석에 들어서고 있는 김태식을 향해 심원 패롯스의 홈 팬들이 일제히 야유를 쏟아내는 것이 들렸다.

'아직… 팬들은 내 편이야.'

그 야유 소리 덕분에 간신히 마음을 조금 가라앉힌 김대희가 타석으로 향하는 김태식을 노려보았다.

*　　　　*　　　　*

"이제 진짜 시작이다!"

트레이드를 통해 심원 패롯스로 적을 옮긴 후 처음으로 서는 타석.

그런 태식을 기다린 것은 심원 패롯스 홈 팬들의 야유였다.

우우!

우우우!

원정 경기가 아니라 홈경기.

홈 팬들이 자신이 응원하는 팀에 소속된 선수에게 일제히 야유를 쏟아내는 경우는 극히 드물었다.

그런데 지금 그 드문 현상이 벌어지고 있었다.

"내가… 밉겠지."

그 야유 소리를 듣던 태식이 쓰게 웃었다.

팬들이 태식에게 야유를 쏟아내는 이유는 크게 두 가지.

우선 심원 패롯스의 미래라고 평가받으며 팬들의 사랑을 한 몸에 받고 있었던 유망주 투수 안주열과 트레이드가 돼서 심원 패롯스로 새롭게 합류한 태식에 대한 반감이 컸기 때문이다.

또 하나의 이유는 팀의 프랜차이즈 스타라고 할 수 있는 김대희를 대신해서 태식을 대타자로 기용한 이철승 감독의 결정에 대한 항의의 의미였다.

'그게 다가 아냐!'

좀 더 정확히 말하면, 안주열을 트레이드 카드로 활용해서 자신과 용덕수를 심원 패롯스로 영입한 이철승 감독에게 쌓인 불만을 쏟아내는 셈이었다.

"오랜만이군."

원정 팬도 아닌 홈 팬들의 야유를 받고서 기분이 좋을 선수는 세상 어디에도 없다.

그것은 태식도 마찬가지였다.

해서 쓸쓸한 웃음을 머금고 있던 태식이 예전 기억을 더듬었다.

*　　　　*　　　　*

우우!

우우우!

홈 팬들에게서 야유를 받은 것은 이번이 처음이 아니었다.

비록 지금과는 팀이 달랐지만, 교연 피콕스 소속 선수일 당시의 태식도 홈 팬들에게서 거센 비난을 받았다.

"꺼져라!"

"강민식이 돌려내라."

"야! 원래 네 팀으로 돌아가!"

야유 속에 간간이 섞여 있던 홈 팬들의 비아냥.

홈 팬들이 비아냥대는 소리들은 태식의 귓가에 쏙쏙 날아와 박혔다.

'기분 참… 더러웠지!'

당시의 기억을 떠올리던 태식의 입가에 머물러 있던 씁쓸한 미소가 짙어졌다.

그때는 화가 났다.

또 억울해서 미칠 것 같았다.

'왜… 나한테 이래?'

그때, 태식의 솔직한 심정이었다.

당시의 트레이드는 태식의 의사와는 무관하게 진행됐다.

일방적으로 트레이드 통보를 받고서 교연 피콕스 소속 선수가 됐을 뿐이었다.

트레이드를 논의한 것도, 트레이드를 진행한 것도, 또 트레이드를 결정한 것도 감독 이하 프런트들이었다.

그런데 홈 팬들의 비난은 애꿎은 태식에서 쏟아지고 있었다.

'그래. 실컷 야유해 봐라. 머잖아 내게 야유를 쏟아냈던 것을 사과하게 만들어주마!'

당시의 태식은 이렇게 독한 마음을 먹었어야 했다. 그렇지만 그 당시에는 그렇게 하지 못했다.

그저 지금의 상황이 억울했고, 애꿎은 자신에게 야유를 보내는 홈 팬들을 원망하는 마음만 가득했다.

그러니 어떻게 타석에서 집중할 수 있었을까?

자신에게 야유를 보내는 홈 팬들 앞에서 보란 듯이 홈런을 때리고 싶었다. 그래서 홈 팬들의 야유가 쏙 들어가게 만들고 싶었다.

그렇지만.

"스트라이크아웃!"

태식은 당시의 타석에서 홈런을 때리지 못하고 루킹 삼진으로 물러났다.

홈 팬들이 쏟아내는 야유 소리로 인해 충격을 받고 몸이 얼어버렸기 때문이다.

'멍청하긴!'

우우.

우우우우!

루킹 삼진을 당하고 돌아선 순간, 홈 팬들의 야유 소리는 더욱 거세졌다.

당시의 태식은 결국 홈 팬들이 쏟아내는 야유에 당당히 맞서지 못하고 결국 도망치고 말았다.

"그때와 비슷하네!"

그 후로 꽤 많은 시간이 흐른 오늘.

태식이 타석에 등장하자마자, 심원 패롯스 홈 팬들의 야유가 쏟아지는 것은 여전히 마찬가지였다.

그렇지만 예전과 다른 것이 분명히 존재했다.

우선 이번 트레이드는 태식의 의사와 무관하게 진행된 것이 아니라는 것이다.

트레이드 과정에 태식이 적극적으로 개입했고, 결국 심원 패롯스 소속 선수가 되고 싶다는 목적을 달성했다.

그러니 지금 홈 팬들이 자신에게 쏟아내고 있는 야유에 억울해할 이유가 없었다.

스스로 선택한 것인 만큼 이 야유를 견디고, 또 이겨내야 하는 것도 오롯이 태식의 몫이었다.

다음으로 결정적인 차이는 그 당시와는 달리 경험이 쌓였다는 것이다.

팬들의 야유와 비난을 감당하지 못해 타석에서 전혀 집중하지 못하고 얼어붙었던 이전과는 확실히 달랐다.

무사 1, 2루의 절호의 찬스에서 맞이한 타석에 서 있는 태식은 오롯이 경기에 집중하고 있었다.

'우선은… 팬들을 내 편으로 만드는 것이 급선무야!'

심원 패롯스 소속 선수가 되는 것까지는 성공했지만, 여전히 해결해야 할 문제들은 산적해 있었다.

태식은 그 문제들을 해결할 방법을 찾기 위해서 고심한 끝에 일단 자신의 편을 늘리기로 결심했다.

'현재 내 편은 딱 한 명뿐이야!'

얼마 전, 용덕수와 나누었던 대화처럼 트레이드를 통해 심원 패럿스로 팀을 옮긴 자신과 용덕수의 편은 이철승 감독이 유일했다.

내 편이 턱없이 부족한 상황.

게다가 만약 태식이 출전한 경기에서 부진한 모습을 보이면 유일한 편이라 할 수 있는 이철승 감독의 마음 역시 언제 돌아설지 몰랐다.

그 전에 태식은 자신의 편을 늘리기로 결심했다.

그런 태식이 최우선 타깃으로 삼은 것은 심원 패럿스의 홈 팬들이었다.

우우!

우우우!

타석에 들어선 후에도 계속 쏟아지고 있는 야유 소리가 홈 팬들이 태식의 편이 아니라는 증거였다.

그렇지만 태식은 지금 야유를 쏟아내고 있는 홈 팬들을 자신의 편으로 만들 계획이다. 그리고 그 계획을 성공시킬 자신도 있고.

"내가 이 팀에 필요하다는 것을 증명해야지."

태식이 마운드에 서 있는 마이크 우즈를 노려보았다.

의도적으로 귀를 닫아버리기 위해 애쓰며, 태식은 마이크 우즈와의 대결에 집중하기 시작했다.

그렇게 얼마나 시간이 흘렀을까.

리모컨의 음소거 버튼을 누른 것처럼 홈 팬들의 야유 소리가 사라졌다.

어느덧 투구 수가 90개를 넘긴 마이크 우즈였지만, 전혀 지친 기색은 없었다.

비록 무사 1, 2루의 위기에 몰린 상황이긴 했지만, 여전히 강렬한 그의 눈빛이 완봉승을 노리고 있다는 증거였다.

'투수 교체가 이뤄지지 않은 것이… 내겐 다행이야!'

한성 비글스의 감독인 정규만은 마이크 우즈의 완봉승을 의식한 탓에 투수 교체 타이밍을 놓쳤다.

그것이 태식에게는 다행이었다.

태식은 더그아웃에서 마이크 우즈의 투구를 계속 지켜보면서 이미 어느 정도 분석을 끝마친 후였다.

'직구 승부다!'

이명기에게 안타를 맞고 난 후에 태식이 대타자로 등장한 순간, 한성 비글스의 투수 코치가 한차례 마운드를 방문했다.

투수 코치가 마운드에 방문한 목적은 두 가지.

볼넷과 안타를 잇따라 허용하며 흔들리고 있는 마이크 우즈를 안정시키기 위함이 첫 번째 목적이었고, 대타자로 타석에 들어서는 자신에 대한 정보를 건네기 위함이 두 번째 목적이었다.

'아직 나에 대한 정보는 많지 않아!'

태식은 오랫동안 잊힌 선수였다.

무척 길었던 2군 생활을 마치고 1군 무대에 진입한 지 겨우 보름 가까이 된 상황.

강점과 약점 등등.

자신에 대한 분석이 완벽히 이루어졌을 리 만무했다.

모르긴 몰라도 한성 비글스의 투수 코치는 태식이 타석에 들어서기 전까지 태식의 존재조차 까맣게 몰랐을 확률이 높았다.

그런 한성 비글스의 투수 코치가 마이크 우즈에게 건넬 수 있는 태식에 대한 정보가 뭐가 있을까?

태식의 나이와 통산 타율, 통산 홈런 개수 등의 극히 단편적인 정보만 건네고 더그아웃으로 돌아갔을 가능성이 높았다.

'초구부터 승부한다!'

서른일곱이라는 나이는 선수의 근력과 순발력이 하향세에 접어들며 배트 스피드가 떨어지기 시작하는 시점이었다.

투수 코치에게서 그 정보를 건네받은 마이크 우즈는 140㎞대

중후반의 직구로 승부할 확률이 높았다.

게다가 마이크 우즈는 여전히 완봉승을 노리고 있는 상황이니만큼, 투구 수를 하나라도 줄이려고 노력할 터였다.

그러니 최대한 빠르게 승부를 가져가려 할 터였다.

'초구 바깥쪽 직구!'

태식이 수 싸움을 막 마쳤을 때였다.

슈아악!

포수와 사인을 교환한 마이크 우즈가 작게 고개를 끄덕인 후 와인드업을 마치고 초구를 던졌다.

태식의 예상대로였다.

마이크 우즈가 선택한 공은 145㎞의 직구였다.

아직 공에 힘이 있었고, 바깥쪽 낮은 코스로 완벽하게 제구된 직구였지만, 노림수를 갖고 타석에 임했던 태식은 망설이지 않고 배트를 휘둘렀다.

따악!

피칭머신과 훈련을 하며 빠른 공 승부에 대비했던 태식에게 145㎞의 직구는 좋은 먹잇감이나 마찬가지였다.

'됐다!'

배트 중심에 걸린 타구는 우익수와 중견수 사이를 정확히 반으로 갈라놓았다.

'뛰어라!'

우중간을 반으로 가르고 펜스까지 굴러간 타구는 깊었다.

타구를 확인하느라 대주자인 유현신의 스타트는 조금 늦었지만, 단거리 육상 선수 못지않은 빠른 발을 뽐내며 어느새 3루 베이스를 통과해 홈으로 쇄도하고 있었다.

'세이프? 아웃?'

중계 플레이를 거친 홈 송구를 건네받은 포수가 글러브를 갖다 댄 순간, 헤드 퍼스트 슬라이딩을 한 유현신의 왼손이 홈 플레이트에 닿았다.

그사이, 거침없이 3루까지 내달린 태식이 고개를 돌렸다.

"세이프!"

유현신의 손이 홈베이스에 닿는 것이 포수의 태그보다 조금 더 빨랐다고 판단한 주심이 세이프를 선언했다.

그렇지만 한성 비글스의 포수인 이기태와 한성 비글스의 감독인 정규만은 주심의 판정에 승복하지 않고 비디오 판독을 요청했다.

3루 베이스 위에 올라선 채 비디오 판독 결과가 나올 때까지 기다리던 태식이 고개를 들어 관중석을 살폈다.

좀 전까지만 해도 자신을 향해 쉬지 않고 쏟아지던 야유 소리가 언제 그랬냐는 듯이 뚝 그쳐 있었다.

"세이프!"

잠시 뒤, 비디오 판독을 마치고 나온 주심이 원심대로 세이프를 선언한 순간, 홈 관중들이 야유 대신 환호를 쏟아냈다.

"잘했다!"

"아싸, 역전이다!"

"김대희보다 네가 낫다!"

2 : 1.

2타점 역전 싹쓸이 3루타를 기록한 태식이 야유와 비아냥이 사라진 것을 확인하고 환한 웃음을 머금었다.

*   *   *

3 : 1.

심원 패롯스와 한성 비글스의 3연전 첫 번째 경기의 최종 스코어였다.

한 점차로 뒤지고 있던 경기를 뒤집는 결승 타점을 올린 태식은 홈 팬들 앞에서 무척 강렬한 신고식을 치른 셈이었다.

"아쉽네요. 형이 보셨어야 했는데."

"응?"

"대희 선배 표정 말이에요."

용덕수가 히죽 웃으며 말했다.

심원 패롯스 소속 선수가 된 후 태식과 용덕수는 다시 한 방을 사용하기 시작했다. 그리고 이것은 태식이 이철승 감독에게 부탁한 것이 아니었다.

태식이 부탁을 꺼내기도 전에 이철승 감독이 먼저 태식과 용덕수가 한 방을 사용하도록 지시했다.

심상찮은 팀 내 분위기를 느꼈기 때문에 나름의 배려를 한 것이리라.

"표정이 어땠는데?"

태식이 질문하자 용덕수가 대답했다.

"아주 죽을상이던데요."

"마음이 많이 상했겠지."

"에이, 겨우 그 정도가 아니었다니까요. 아마 너무 분하고 억울해서 간밤에 한숨도 못 잤을 걸요."

쌤통이라는 표정을 짓고 있던 용덕수가 덧붙였다.

"많이 불안할 겁니다."

"뭐가?"

"자칫 잘못하면 철밥통이나 다름없던 주전 자리를 형에게 뺏길지도 모르니까."

첫 술에 배부를 수는 없는 노릇.

트레이드를 통해 심원 패롯스에 합류한 후 태식은 이제 겨우 한 경기, 그리고 한 타석에 나섰을 뿐이었다.

그런 만큼 주전 경쟁에 대한 이야기를 꺼내기에는 너무 일렀다.

그렇지만 아주 가능성이 없는 이야기는 아니었다.

만약 태식이 꾸준히 좋은 활약을 펼치고, 김대희가 계속 부진하다면 심원 패롯스 3루의 주인이 바뀔 수도 있었다.

"덕수야."

"네."

"대회가 별로 마음에 안 들어?"

"솔직히 별로 마음에 들진 않아요."

"왜?"

"몰라서 물으세요?"

"……?"

"치사하잖아요."

"치사하다?"

"팀의 주장이면 주장답게 포용력이 있어야죠. 지금 하고 있는 짓은 딱 밴댕이 소갈딱지 아닙니까? 그리고 주전 경쟁은 실력으로 당당히 겨뤄야죠. 이런 식으로 비겁하게 텃세나 부리는 게 영 마음에 안 듭니다."

용덕수는 불편한 심기를 감추지 않고 그대로 드러냈다.

"어쨌든 형이 한성 비글스와의 3연전 1차전에서 진가를 보여줬으니까, 2차전부터는 선발 출전할 수 있겠죠?"

"아니."

"왜요?"

"포지션 라이벌이 대회니까."

"그게 왜요? 컨디션이 좋아서 최근에 더 잘하는 선수가 경기에 나가는 게 당연한 것 아닙니까?"

용덕수가 이해가 안 간다는 표정을 지은 채 언성을 높였다.

물론 아주 틀린 말은 아니었다.

경기력이 더 좋은 선수가 주전으로 경기에 나서야 하는 것이 옳았다. 그렇지만 태식은 고개를 흔들었다.

"대회가 나가는 게 맞아."

"왜요?"

"대회가 그동안 쌓아온 커리어를 무시하면 안 돼."

FA 대박 계약을 맺는 데 성공하고 홈 팬들의 큰 기대를 모았던 김대회가 올 시즌 내내 부진한 것은 부인할 수 없는 사실이었다.

그렇지만 고질적인 손목 통증이 악화되면서 파생된 일시적인 슬럼프일 뿐이었다.

프로야구 선수로 생활하는 동안 김대회는 꾸준히 활약했고, 그 활약상이 차곡차곡 쌓인 만큼 기회가 더 주어져야 했다.

'예전이었다면?'

만약 예전이었다면 태식은 김대회의 부진이 더 길어지길 바랐을 것이었다. 그래야만 주전 3루수 자리를 꿰찰 수 있을 테니까.

하지만 지금은 생각이 조금 바뀌었다.

조급함이 사라졌기 때문일까?

딱히 서두를 생각이 없었다.

오히려 순리대로 차근차근 하나씩 일들을 진행해 나갈 생각이었다.

'홈 팬들의 마음을 돌리는 게 우선이야!'

어제 경기에서 강렬한 신고식을 치른 덕분에 홈 팬들의 야유가 줄어들고, 자신을 바라보는 시선이 조금 바뀐 것도 사실이었다.

그렇지만 팬들의 마음을 얻는 것은 지난한 작업이었다.

앞으로도 꾸준히 활약을 하면서 팬들의 마음이 완전히 돌아설 때까지 기다려야 했다. 그리고 당장은 팬들의 마음을 얻는 것 외에 다른 것은 생각하지 않기로 했다.

"스윕이야."

"네?"

"한성 비글스와의 3연전에서 스윕을 한다면 팬들의 마음이 조금 돌아설 거야. 팬들이 진짜 화가 난 이유는 결국 우리가 새롭게 팀에 합류했기 때문이 아니라, 심원 패롯스의 성적이 엉망이기 때문이니까."

태식이 두 눈을 빛내며 용덕수를 응시했다.

"나 혼자서는 한계가 있어. 네 역할이 중요해."

"하지만……."

자신 없다는 표정을 짓고 있는 용덕수에게 태식이 덧붙였다.

"지금까지 하던 대로만 하면 돼."

*　　　　*　　　　*

한성 비글스의 정규만 감독이 가장 중요하게 여기는 것은 팀에 만연해 있는 패배 의식을 몰아내는 것이었다.

정규만 감독은 그 패배 의식을 몰아낼 방법으로 탈꼴찌를 염두에 둔 듯했다.

─우리는 안 된다. 아무리 해도 꼴찌에서 벗어나지 못한다.

한성 비글스 선수들에게 깊숙이 자리 잡은 패배 의식을 몰아내기 위해서 탈꼴찌를 목표로 삼은 정규만 감독은 탈꼴찌를 할 수 있는 절호의 찬스인 심원 패롯스와의 3연전에 일찌감치 포커스를 맞추었다.

팀의 1선발인 마이크 우즈에 이어 2선발인 제이크 모건을 3연전 두 번째 경기에 내세운 것이 그 증거였다.

"오늘이… 승부처다!"

시즌이 시작된 후 줄곧 최하위에 머물러 있는 한성 비글스는 여러 가지 문제점들을 노출하고 있었다.

공, 수, 주.

모든 면에서 프로 팀에 어울리지 않는 함량 미달의 플레이들을 쏟아내며 홈 팬들에게서도 지탄을 받고 있었다.

총체적인 난국이란 표현이 딱 어울리는 상황.

그나마 버팀목이 되어준 것이 바로 한성 비글스의 두 명의 외국인 투수인 마이크 우즈와 제이크 모건이었다.

현재까지 각각 8승과 7승씩을 수확한 두 외국인 투수 덕분에 한성 비글스는 심원 패롯스와 탈꼴찌 경쟁을 벌일 수 있었던 것이다.

그러나 정규만 감독만 이번 3연전에 포커스를 맞춘 것이 아니었다.

이철승 감독도 이번 3연전에 포커스를 맞추고 있었다.

한성 비글스와의 3연전에서 스윕을 거두어 중위권으로 도약할 발판을 삼겠다는 계산을 했기 때문이다.

이연수 VS 제이크 모건.

심원 패롯스는 3연전 두 번째 경기에 토종 에이스이자 팀의

2선발을 맡고 있는 이연수를 내세웠다.

7승 4패 방어율 3.67.

오늘 경기, 한성 비글스의 선발투수로 나선 제이크 모건과 견주어도 전혀 손색이 없는 성적을 거두고 있는 이연수였다.

"만약 오늘 경기마저 잡는다면?"

설령 내일 열릴 3연전 마지막 경기를 이긴다고 해도, 한성 비글스는 탈꼴찌가 불가능했다.

또, 두 명의 외국인 에이스인 마이크 우즈와 제이크 모건을 내세우고도 두 경기를 모두 내준다면, 한성 비글스의 팀 분위기는 급격히 가라앉을 것이었다.

더구나 마이크 우즈와 제이크 모건을 제외하면 믿을 수 있는 선발투수가 없는 한성 비글스인 만큼, 오늘 경기만 승리를 거둔다면 심원 패롯스는 스윕을 거둘 확률이 높아졌다.

어제 경기에 이어서 오늘 경기에서도 선발 라인업에서 제외된 태식이 더그아웃에 앉아서 그라운드에서 펼쳐지는 경기를 유심히 살폈다.

경기의 양상은 어제와 비슷했다.

이연수와 제이크 모건이 펼치는 팽팽한 투수전.

6이닝이 끝났을 때의 스코어는 1 : 1이었다.

두 명의 투수 모두 1실점만 허용하는 퀄리티 스타트 이상의 투구를 펼치며 마운드를 든든하게 지키고 있었다.

'실책에서 승패가 갈릴 확률이 높군!'

심원 패롯스는 리그 수비 실책 2위, 그리고 한성 비글스는 리그 수비 실책 1위를 달리고 있을 정도로 두 팀 모두 수비에 약점이 있었다.

팽팽한 투수전이 펼쳐지고 있는 가운데 실책이 승부를 가를 변수가 될 확률이 높을 거라는 태식의 예상은 틀리지 않았다.

7회 초 한성 비글스의 선두 타자와 이연수의 대결.

풀카운트까지 이어진 승부 끝에 이연수는 위력적인 포크볼을 던져서 타자의 헛스윙을 끌어내는 데 성공했다.

툭.

그렇지만 포수인 최철우가 바운드를 일으킨 포크볼을 뒤로 빠뜨렸다.

스트라이크 낫아웃 상황.

타다다닷!

타자가 1루로 스타트를 끊었고, 최철우가 뒤로 빠뜨렸던 공을 다시 잡았을 때는 이미 1루 베이스를 통과한 후였다.

무사 1루 상황에서 한성 비글스의 정규만 감독은 희생번트를 지시했다.

틱. 데구르르.

희생번트 성공으로 1사 2루의 찬스가 찾아왔고, 뒤이어 적시타가 터져 나오면서 다시 균형이 깨졌다.

1 : 2.

한 점차로 뒤진 상황에서 맞이한 7회 말 심원 패롯스의 공격.

9번 타자인 최철우부터 시작하는 타순이었지만, 이철승 감독은 과감한 대타 카드를 꺼내들었다.

"아마 대타자로 경기에 나가게 될 거야."

태식은 이미 이런 상황을 어느 정도 예상하고 있었다. 그래서 용덕수에게 경기 중에 미리 언질을 주었었다.

그 덕분일까.

일찌감치 마음의 준비를 하고 있던 용덕수가 비장한 표정으로 일어섰다.

그런 그의 곁으로 다가간 태식이 두 가지를 당부했다.

"상대 배터리는 너에 대한 정보가 전무해. 그러니까 급한 쪽은 네가 아니라 상대 팀 배터리야. 알겠어?"

"네."

"처음엔 유인구를 던지겠지만 흥분하지 말고 잘 참고 기다려. 네가 원하는 공이 들어올 때까지."

"알겠습니다!"

"그리고 하나 더."

"또 뭡니까?"

"귀를 닫아."

"네?"

"야유가 쏟아질 거니까."

트레이드 후 첫 경기에 나선 태식이 강렬한 신고식을 치르긴 했지만, 분노한 홈 팬들의 마음을 돌리기에는 아직 역부족이었다.

태식과 마찬가지로 트레이드를 통해서 새로이 팀에 합류한 용덕수가 타석에 들어설 경우, 홈 팬들이 야유를 쏟아낼 가능성이 높았다.

"야유요?"

"그래."

"하지만 어제 형이 결승타를 때려냈는데……."

"그걸로는 한참 부족해. 원래 미운털은 쉽게 빠지지 않는 법이니까."

분명히 홈 팬들의 야유가 쏟아질 거란 태식의 이야기를 들은 용덕수의 낯빛이 창백하게 질렸다.

그것을 확인한 태식이 덧붙였다.

"신경 쓸 것 없어."

"그래도……."

"그냥… 원정 경기라고 생각하면 돼."

"네, 알겠습니다."

용덕수가 힘차게 고개를 끄덕인 후 타석을 향해 걸어갔다.

우우!

우우우!

최철우를 대신해서 용덕수가 대타자로 타석에 등장하자, 태식이 예상했던 대로 홈 팬들의 야유가 쏟아졌다.

그렇지만 태식에게서 미리 이야기를 들었기 때문일까?

용덕수는 딱히 동요하는 기색이 아니었다.

"제 몫은 하겠군."

타석에 들어서 타격 준비를 하는 용덕수의 눈빛은 살아 있었다.

적어도 홈 팬들의 야유 소리에 혼이 빠져나가서 멍하니 서 있다가 맥없이 삼진을 당하고 돌아오지는 않을 거란 확신이 들었다.

해서 태식이 한결 편해진 마음으로 그라운드를 바라보았다.

7회에도 여전히 마운드를 지키고 있는 제이크 모건과 용덕수의 첫 대결.

초구와 2구로 잇따라 유인구가 들어왔지만, 용덕수는 태식의 충고대로 방망이를 내밀지 않고 잘 참아냈다.

투 볼 노 스트라이크.

불리한 볼카운트에 몰린 제이크 모건이 스트라이크를 잡기 위해서 몸 쪽 직구를 던진 순간, 용덕수가 자신 있게 방망이를 휘둘렀다.

"노림수가 통했군!"

3루수와 유격수 사이를 꿰뚫는 깔끔한 좌전 안타.

전광판에 찍힌 구속은 144km였다.

제이크 모건이 선택한 빠른 직구에도 용덕수의 배트는 전혀 밀리지 않았다.

그동안 묵묵히 했던 피칭머신과의 훈련이 빛을 발하기 시작한 셈이었다.

자신감이 붙어서일까?

리드폭을 과감하게 늘리고 있는 용덕수를 바라보던 태식이 고개를 돌려서 이철승 감독을 살폈다.

용덕수의 활약에 만족한 듯 희미한 웃음을 머금고 있는 이철승 감독을 확인한 태식도 미소를 지었다.

부상을 당한 강만호를 대신해서 그동안 주전 포수로 경기에 나섰던 최철우의 타순에서 심원 패롯스는 번번이 공격의 흐름이 끊기곤 했다.

그런데 팀에 새롭게 합류한 용덕수가 맥을 뚫고 답답하던 공격의 흐름을 이어나가고 있으니 적잖이 만족스러우리라.

틱. 데구르르.

이철승 감독 역시 득점 찬스를 살리기 위해서 무사 1루에서 희생번트를 지시하며, 1사 2루의 찬스가 만들어졌다.

그렇지만 2번 타자 임태규는 찬스를 살리지 못하고, 뻗지 못하고 높게 떠오른 내야플라이로 물러났다.

1사 2루에서 2사 2루로 상황이 바뀐 순간, 심각한 표정으로 고민에 잠긴 이철승 감독이 결단을 내렸다.

"김태식, 대타자로 나가."

경기의 흐름상 지금 동점을 만들지 못하면 어려운 상황이었다.

이미 이철승 감독의 스타일을 어느 정도 파악하고 있던 태식은 그가 대타 작전을 꺼낼 것임을 예상하고 준비하고 있었다.

"어제보다… 더 낫군!"

태식이 환하게 웃었다.

지금의 상황을 밥상으로 표현하자면 어제보다 밥상에 올라와 있는 반찬의 가짓수는 분명히 적었다.

그렇지만 태식은 지금 자신의 앞에 놓인 밥상이 어제 마주했던 밥상보다 훨씬 더 맘에 들었다.

가짓수는 적지만 입에 딱 맞는 반찬이라고 표현하면 될까?

2사 2루 상황.

만약 적시타를 터뜨리면 동점을 만들 수 있었다.

중요한 것은 태식이 대타자로 타석에 들어서는 지금, 2루에 있는 주자가 바로 용덕수라는 것이었다.

트레이드를 통해서 심원 패롯스에 새로이 합류된 태식과 용덕수에게 홈 팬들은 아직 마음을 열지 않은 상황이었다.

서른일곱이나 먹은 퇴물 야구 선수 김태식.

이름조차 들어본 적 없는 육성 선수 출신 용덕수.

이런 이유로 홈 팬들이 못마땅해하는 태식과 용덕수가 경기 후반의 승부처에서 북 치고 장구까지 칠 수 있는 밥상이 차려져 있는 셈이었다.

우우!

우우우!

3번 타자 최순규를 대신해서 태식이 대타자로 등장하자, 홈 팬들이 어김없이 야유를 쏟아내기 시작했다.

그렇지만 어제 경기와는 달랐다.

타석으로 걸어가는 태식을 향해 쏟아지고 있는 홈 팬들의 야유 소리가 어제에 비해서 조금 작아져 있었다.

어제 경기에서 강렬했던 태식의 신고식 덕분이리라.

"마음의 문은 살짝 열린 셈이로군."

후우.

단단하게 닫혀 있던 팬들의 마음이 조금씩 열리기 시작했다는 것을 알아챈 태식이 크게 심호흡을 했다.

살짝 열리기 시작한 마음의 문을 조금 더 벌리고 안으로 깊숙이 파고들어 가는 것은 태식의 몫이었다.

"이번 찬스. 무슨 일이 있어도 살려야 해."

한 번 더 각오를 다지며 태식이 타석으로 들어섰다.

                    *   *   *

우우!

우우우!

야유 소리는 계속 이어졌지만, 태식은 귀를 닫고 제이크 모건과의 승부에 집중하기 위해 노력했다.

그런 태식의 시선이 비어 있는 1루 베이스로 향했다.

'거를까?'

2사 2루 상황.

1루가 비어 있는 상황이니 자신을 볼넷으로 걸러서 빈 1루를 채울 수도 있다는 생각이 들었다.

그렇지만 태식은 이내 고개를 작게 흔들었다.

한성 비글스는 한 점차로 앞서고 있는 상황.

만약 자신을 볼넷으로 내보낸다면 역전 주자가 되는 셈이었다.

한성 비글스의 감독인 정규만이 그런 위험을 감수할 확률은 낮았다.

더구나 태식의 다음 타순에는 이명기와 김대회가 버티고
있었다.

최근 이명기와 김대회의 타격감이 그리 좋지는 않지만, 언
제든지 큰 것 한 방을 날릴 수 있는 장타력을 갖춘 타자들이
었다.

'이명기보다는 나와 상대하는 것이 낫다고 판단했을 거야!'

비록 태식이 어제 경기에서 결정적인 역전 2타점 적시타를
쳐내긴 했지만, 겨우 한 타석에 불과했다.

그동안 쌓인 커리어를 감안하면, 자신을 거르고 이명기나
김대회 타순에서 승부를 걸기에는 위험이 너무 컸다.

'어렵게 승부할 거야.'

태식이 두 눈을 빛냈다.

이런 이유로 자신을 볼넷으로 거르지는 않겠지만, 1루가 비
어 있는 상황인 만큼 유인구 위주로 어렵게 승부를 할 가능성
이 높았다.

'커브를 노린다!'

노림수를 가진 채 태식이 제이크 모건과의 승부를 시작했
다.

예상대로 제이크 모건은 좋은 공을 주지 않았다.

1구와 2구 모두 스트라이크존으로 들어오다가 뚝 떨어지는
포크볼을 구사했지만, 이미 유인구 위주의 볼 배합을 예상하

고 있던 태식의 방망이는 따라 나가지 않았다.

볼카운트가 투 볼 노 스트라이크로 타자에게 유리하게 변한 순간, 태식이 방망이를 고쳐 쥐었다.

'지금!'

만약 볼이 하나 더 들어와서 쓰리 볼 노 스트라이크 상황이 된다면, 자신을 볼넷으로 거를 확률이 높아졌다.

그것은 태식이 원하던 그림이 아니었다.

슈아악!

제이크 모건이 던진 3구가 홈 플레이트를 통과한 순간, 잔뜩 웅크리고 있던 태식이 배트를 휘둘렀다.

부우웅.

태식이 휘두른 배트는 텅 빈 허공을 가르고 지나갔다.

제이크 모건이 던진 스트라이크존을 통과하는 듯하다가 갑자기 뚝 떨어진 포크볼에 속은 것이었다.

투 볼 원 스트라이크.

볼카운트가 바뀐 순간, 태식이 고개를 갸웃했다.

다시 타격 준비를 하던 태식이 제이크 모건을 살폈다.

포수와 신중히 사인을 주고받은 끝에 제이크 모건이 고개를 끄덕이며 투구 준비를 시작했다.

슈아악!

와인드업을 마친 제이크 모건의 손에서 공이 떠난 순간, 태식이 오른 다리를 살짝 들어 올리며 타이밍을 맞추었다.

기다리고 있던 커브.

위에서 아래로 떨어지고 있는 커브의 궤적을 유심히 살피던 태식의 배트가 매섭게 돌아갔다.

따악!

정확한 타이밍에 배트 중심에 걸린 타구는 중견수 앞에 떨어지는 안타로 연결됐다.

타다다닷.

2루 주자인 용덕수는 포수치고는 빠른 발을 뽐내며 홈으로 여유 있게 파고들어 세이프가 됐다.

잠시 뒤, 용덕수가 엄지를 추켜세웠고, 태식이 환하게 웃었다.

8. 먹튀

'수 싸움에서 이겼어!'

얼핏 보이기에는 제이크 모건이 던진 커브를 노려 때려서 적시타를 만들어낸 것이 전부인 것처럼 보였다.

그렇지만 방금 동점 적시타를 때려내는 과정에는 태식과 상대 배터리 사이에 펼쳐진 무척 치열한 수 싸움이 숨어 있었다.

'배터리를 속이는 데 성공했어!'

제이크 모건이 던진 1구와 2구는 포크볼.

어렵게 승부를 할 거란 태식의 예상이 적중한 셈이었다.

그리고 3구.

만약 제이크 모건이 던진 3구마저 볼로 선언된다면, 일방적으로 불리한 볼카운트에 몰린 제이크 모건이 자신과의 승부를 포기하고 이명기와의 승부를 택할 가능성이 높다는 생각이 퍼뜩 들었다.

아까도 말했듯이 그것은 태식이 원하던 그림이 아니었다.

2루 주자인 용덕수와 자신.

아직 심원 패롯스 홈 팬들에게서 환영받지 못하고 있는 두 명의 전입생이 이번 찬스를 살려서 기어이 동점을 만들어내는 모습을 보여주고 싶었다.

그래야 홈 팬들에게 강한 인상을 남길 수 있으니까.

해서 태식은 제이크 모건이 던진 3구째 공이 날아든 순간, 무조건 배트를 휘둘렀다.

태식이 휘두른 방망이는 보기 좋게 빈 허공을 가르고 지나갔지만, 무작정 휘둘렀던 것이 아니다.

직구 타이밍에 맞춘 헛스윙에도 나름의 철저한 계산이 숨어 있었다.

태식이 헛스윙을 한 순간, 한성 비글스 배터리 간의 사인이 길어졌다.

조금 전의 헛스윙을 통해서 태식이 타석에서 노리고 있는 구종이 무엇인지 알아챘기 때문이리라.

'직구!'

한성 비글스 배터리는 태식의 헛스윙을 확인한 후, 태식이 직구를 노리고 있다고 판단했을 것이다.

좀 더 정확히 말하면 한성 비글스의 배터리가 그런 판단을 내리도록 태식이 유도를 한 셈이었다.

태식의 의도는 보기 좋게 적중했다.

태식이 직구를 노리고 있다고 판단한 한성 비글스의 배터리는 4구째 공으로 직구가 아닌 커브를 선택했다.

이미 연속으로 세 개의 포크볼을 던진 상황.

그래서 태식은 더 이상 포크볼은 던지지 않을 거라고 판단해서 아예 포크볼을 배제해 버렸다.

틀림없이 커브가 들어올 것이라는 확신을 가지고 기다렸다가 가볍게 스윙을 해서 적시타를 기록한 것이다.

2 : 2.

용덕수와 태식의 활약 덕분에 다시 경기의 균형추가 맞추어졌다. 그리고 찬스는 아직 끝난 것이 아니었다.

2사 1루 상황이었지만, 심원 패롯스의 타순이 좋았다.

따악!

4번 타자 이명기는 초구를 노려서 투수인 제이크 모건의 곁을 스치고 지나가는 깔끔한 중전 안타를 터뜨렸다.

2사 1, 2루로 상황이 바뀐 순간, 한성 비글스의 감독인 정규

만이 더 버티지 못하고 투수 교체를 단행하기 위해 감독석에
서 일어섰다.

8회 말 2사 1, 2루 상황에서 마운드로 올라온 정규만 감독
이 선택한 것은 팀의 마무리 투수인 조현승이었다.

"필사적이네."

2루 베이스 위에 올라서 있던 태식이 조현승이 마운드로 걸
어 올라오는 것을 확인하고 두 눈을 가늘게 좁혔다.

어제 경기에 이어서 오늘 경기에도 마무리 투수인 조현승
을 마운드에 올렸다는 것은 정규만 감독이 오늘 경기에서 승
리를 수확하기 위해서 필사적이라는 것을 증명하고도 남았
다.

"결국 김대희 앞에 찬스가 만들어졌군."

태식이 대기 타석에 서 있는 김대희를 바라보았다.

승부처.

지금이 오늘 경기 승패의 분수령이 될 승부처임을 모를 리
없는 김대희가 강렬한 안광을 흩뿌리며 의지를 불태우고 있
었다.

단타 하나만 터져도 역전이 가능한 상황.

마침 김대희와 시선이 마주친 순간, 태식이 작게 혼잣말을
꺼냈다.

"적시타를 부탁한다."

                    *   *   *

　"볼!"

　투 볼 원 스트라이크 상황에서 조현승이 던진 싱커를 간신히 참아낸 김대희가 안도의 한숨을 내쉬었다.

　쓰리 볼 원 스트라이크.

　방금 조현승이 던진 회심의 유인구인 싱커에 속지 않고 참아냄으로써 볼카운트는 타자에게 유리하게 변했다.

　만약 볼넷을 허용한다면 주자 만루가 되는 상황.

　비록 2사 후이기는 하지만, 경기 후반부의 동점 상황에서 만루 위기에 몰리는 것은 조현승으로서도 부담스러울 수밖에 없었다.

　'승부… 한다!'

　조현승은 5구째에 무조건 스트라이크를 꽂아 넣을 확률이 높았다.

　'어떤 구종을 택할까?'

　김대희가 시간을 벌기 위해서 타석에서 벗어나며 관중석으로 시선을 돌렸다.

　오늘 경기의 승부처임을 알고 있기 때문일까.

　홈 팬들은 숨죽인 채 경기를 지켜보고 있었다.

그런 홈 팬들의 모습을 바라보던 김대희의 표정이 이내 딱 딱하게 굳어졌다.

'달라!'

자신이 타석에 등장했을 때, 홈 팬들이 보이는 반응이 예전 과는 확연히 달라졌다는 것이 피부로 느껴졌다.

예전에는 승부처에서 자신이 타석에 등장했을 때 홈 팬들 은 적시타를 때려낼 것이라 기대하고 믿었다.

그러나 최근 들어서는 자신에 대한 그런 믿음들이 많이 사 라져 있었다.

자신을 향한 홈 팬들의 기대와 믿음이 점점 식어가고 있다 는 것이 김대희를 초조하게 만들었다.

그리고 하나 더.

팬들만 등을 돌린 것이 아니었다.

현재 심원 패롯스의 감독을 맡고 있는 이철승도 자신에게 서서히 등을 돌리는 기미가 보였다.

트레이드를 통해서 김태식을 영입한 것이 그 증거였다.

'내가 저런 퇴물까지 신경 쓰게 되는 날이 올 줄이야!'

김대희가 고개를 절레절레 흔들며 2루 베이스 위에 서 있는 김태식을 노려보았다.

잠재적인 포지션 경쟁자라고 할 수 있는 김태식의 영입으 로 인해서 주전 3루수 위치를 잃게 될까 봐 불안한 것이 아니었다.

저니맨의 대명사이자 퇴물 취급을 받는 김태식에게 신경을 쓰고 있다는 사실만으로도 자존심이 상했다.

"적시타. 때려낸다!"

쿵!

김대희가 상념을 털어내기 위해서 주먹으로 헬멧을 때렸다.

자신에게서 등을 돌리기 시작한 홈 팬들과 이철승 감독의 마음을 다시 되돌리기 위해서는 결국 경기에서 활약하는 수밖에 없었다.

예전처럼 타석에서 팬들의 기대에 부응해야만 했다.

그리고 지금이 바로 적기였다.

'직구!'

수 싸움을 펼치던 김대희가 슬쩍 미간을 찌푸렸다.

예전 김대희의 가장 큰 장점은 빠른 배트 스피드였다.

바깥쪽으로 제구가 완벽하게 된 140㎞대 중후반의 직구에 배트가 완벽히 따라가서 장타를 만들어내는 능력을 갖고 있었다.

해서 대부분의 투수들은 자신을 상대할 때 직구 승부를 의도적으로 피했다.

그러나 이제는 상황이 많이 달라졌다.

손목 통증이 재발될까 두려워서 스윙을 제대로 하지 못했고, 그러다 보니 배트 스피드도 자연스레 떨어졌다.

해서 직구에 제대로 대처하지 못했고, 그것이 최근 타격 슬럼프에 빠진 결정적 원인들 중 하나였다.

그리고 각 팀의 전력 분석원들이 이 사실을 놓칠 리 없었다.

그래서일까.

최근에는 자신을 상대하는 투수들이 결정적인 순간, 직구를 승부구로 사용하는 빈도가 점차 늘어나고 있었다.

해서 조현승이 직구 승부를 할 거라는 확신이 생겼다.

그 확신을 품었음에도 김대희가 미소를 머금는 대신 미간을 찌푸렸던 이유는 자존심이 상해서였다.

지금 상황에서 직구 승부가 들어온다는 것은, 자신이 예전과는 다르다는 것을 스스로 인정하는 셈이었으니까.

'곧… 예전의 나로 돌아갈 거야!'

김대희가 이를 악물고 타석에 들어섰다.

슈아악!

예상은 적중했다.

불리한 볼카운트에 몰려 있던 조현승은 스트라이크를 꽂아넣기 위해서 몸 쪽 직구를 선택했다.

따악!

김대희가 망설이지 않고 배트를 휘둘렀다.

묵직한 타격음이 흘러나온 순간, 김대희가 속으로 쾌재를
불렀다.

'넘어갔다!'

타격하는 순간, 손바닥에 전해지는 느낌이 묵직했다.

노림수가 통한 덕분에 간만에 완벽한 타이밍에 배트에 타구
가 맞는 순간, 김대희는 홈런을 직감했다.

'자, 모두 똑똑히 봤지? 내가 바로 김대희라고!'

타격을 한 후, 1루 베이스를 향해 천천히 달려가던 김대희
의 눈에 좌익수가 우두커니 서 있는 것이 들어왔다.

'왜 안 움직이지? 포기했나?'

좌익수의 움직임이 없다는 것으로 인해 의아함을 품었던
김대희는 이내 그 이유를 짐작했다.

워낙 큰 타구라서 일찌감치 홈런이 될 것이라 직감한 좌익
수가 타구를 쫓는 것을 포기했으리라.

해서 환한 웃음을 머금었던 김대희의 표정이 이내 딱딱하
게 굳어졌다.

당연히 펜스를 넘길 것이라고 예상했던 타구였는데.

타구는 예상과 달리 멀리 뻗지 않았다.

좌익수가 원래 수비 위치에서 거의 움직이지 않은 채 글러
브를 들어서 포구하는 것을 확인한 김대희가 1루 베이스 앞에

서 멈춰 섰다.

"뭐가 잘못된 거야?"

쾅!

김대희가 헬멧을 바닥에 내팽개쳤다.

"왜… 안 뻗었지?"

분명히 완벽한 타이밍에 배트 한가운데에 걸렸다.

그래서 맞는 순간, 당연히 홈런이 될 것이라 판단했는데.

홈런이 되기는커녕 평범한 외야플라이에 그쳤다.

그 이유에 대해 고심하던 김대희의 몸이 굳어졌다.

"팔십억 벌고 나서 배때지가 불렀지?"

"돈 벌 만큼 벌었으니 야구 그만 때려치워라."

"팔십억이 뉘 집 개 이름이냐!"

"먹튀네. 먹튀!"

홈 팬들이 비아냥대는 외침이 귓가로 파고들었기 때문이
다.

"내가… 먹튀라고?"

김대희도 자신과 관련된 기사들을 본 적이 있었다.

그 기사들마다 먹튀라는 댓글이 종종 달린다는 사실도 이
미 알고 있었다. 그렇지만 경기 중에 홈 팬들에게서 먹튀라는
이야기를 들은 충격은 컸다.

그리고… 억울했다.

계약 기간 4년, 계약금과 연봉 포함 80억.

원소속 구단인 심원 패롯스와 FA 계약을 맺을 당시만 해도 김대희는 무척 기뻤다.

구단에서 자신의 가치를 인정해 주었다는 것이 고마웠고, 그동안의 노력이 헛되지 않아 금전적으로 충분한 보상을 받았다는 것도 기뻤다.

그래서 FA 계약을 맺은 후 자신의 가치를 인정하며 좋은 계약 조건을 제시해 준 구단을 위해서 더 열심히 뛰어야겠다는 각오를 다졌다.

그런데 야구는 뜻대로 되지 않았다.

FA 대박 계약을 맺은 후 책임감이 커졌다. 그래서 예년보다 더 일찍 몸을 만들고 훈련을 시작했다.

더 잘하고 싶다는 욕심 때문이었다.

그런데 그게 오히려 독이 됐다.

과욕을 부린 탓에 고질적인 손목 통증이 더욱 악화되었고, 그로 인해 본 시즌에 접어들었음에도 제대로 경기에 집중할 수 없었다.

'차라리… 휴식을 취했어야 했어!'

후우.

김대희가 한숨을 내쉬었다.

올 시즌 전반기를 통째로 날린다고 생각하고 손목 치료와

재활에 집중했다면 지금보다는 훨씬 나았을 터였다. 그러나 김대희는 그리하지 못했다.

진통제까지 수시로 맞아가면서 경기 출전을 강행했고, 그 결과는 더욱 좋지 않았다.

다행히 이제는 손목 통증이 거의 사라진 상태지만, 길고 긴 슬럼프에서 빠져나오는 것은 요원해 보였다.

그렇게 부진의 시간이 점점 길어지다 보니, 어느덧 홈 팬들 사이에서조차 먹튀라고 불리고 있는 것이었다.

'나도… 잘하고 싶다고!'

자신이 먹튀라 불리는 날이 찾아올 줄은 꿈에도 몰랐다. 그리고 지금까지 든든한 지지자였던 홈 팬들마저 자신에 대한 비난에 동참하는 것이 충격으로 다가왔다.

더그아웃으로 고개를 돌렸던 김대희의 눈에 이철승 감독이 차가운 눈빛으로 자신을 바라보는 것이 들어왔다.

홈 팬들이 쏟아내는 비난 못지않게 싸늘하게 식어버린 이철승 감독의 시선도 아프게 다가왔다.

"어쩌다가… 이렇게 됐지?"

단단히 꼬여 버린 매듭.

꼬인 매듭을 어디서부터 풀어나가야 할지 막막했다.

해서 김대희의 머릿속이 하얗게 변해 버린 순간이었다.

"받아!"

아까 자신이 바닥에 내팽개쳤던 헬멧이 앞으로 다가왔다.

자신에게 헬멧을 내밀고 있는 손의 주인은 김태식이었다.

뜻밖의 행동.

해서 김대희가 놀란 표정으로 바라보고 있을 때, 김태식이 말했다.

"뭐 하고 있어?"

"……?"

"아직 경기 안 끝났어. 수비하러 나가야지."

'수비?'

김태식이 던진 말을 들은 순간, 김대희는 퍼뜩 정신이 들었다.

아까 대타자로 출전했던 김태식의 수비 포지션은 3루였다. 해서 김태식에게 3루를 넘겨주고 경기 도중에 교체될 수도 있다고 생각했는데, 김태식은 어서 수비를 하러 나가자고 말하고 있었다.

"태식이가 2루로 들어간다!"

김대희가 얼떨떨한 표정으로 더그아웃으로 돌아오자 이철승 감독이 지시하는 목소리가 들렸다.

'3루가 아니라… 2루라고?'

김태식이 3루 수비가 아닌 2루 수비를 맡는다는 얘기를 듣고서 김대희가 당황하고 있을 때였다.

"준비 안 해?"

이철승 감독의 질책 어린 말을 듣고 비로소 정신을 차린 김대희가 서둘러 그라운드로 나설 채비를 하기 시작했다.

9. 끝내기 홈런

2 : 2.

김대희가 적시타를 때려내지 못하면서 경기는 동점 상황으로 9회에 접어들었다.

한성 비글스와의 3연전에서 스윕을 노리는 이철승 감독도 9회 초에 팀의 마무리 투수인 정기하를 올렸다.

볼넷 하나를 허용하긴 했지만, 정기하는 실점을 허용하지 않고 깔끔하게 9회 초 수비를 막아냈다.

9회 말에도 마운드에 올라온 한성 비글스의 마무리 투수 조현승은 선두 타자인 6번 타자에게 안타를 허용했다.

그렇지만 다음 두 타자를 연속 삼진으로 돌려세우며 위기를 탈출했다. 그리고 2사 1루 상황에서 타석에 들어선 것은 용덕수였다.

"연장을… 대비하는군!"

용덕수가 타석에 들어선 순간, 더그아웃 내 이철승 감독과 코칭스태프들의 움직임이 부산해지기 시작했다.

연장을 대비해서 작전을 수립하기 위해서이리라.

그 모습을 지켜보던 태식이 그라운드로 시선을 던졌다.

우우!

우우우!

타석으로 들어서는 용덕수에게 홈 팬들이 보내는 야유 소리는 여전했다.

비록 지난 타석에서 용덕수가 안타를 기록하긴 했지만, 고작 안타 하나를 때린 걸로 홈 팬들의 마음을 돌리기에는 역부족이었다.

그 야유 소리를 들으며 천천히 타석에 들어서는 용덕수의 표정은 비장했다.

"얼었나?"

아직 경험이 많지 않은 용덕수였다.

원정 경기라 생각하라고 아까 충고하긴 했지만, 홈 팬들이 보내는 야유 소리를 들으며 평정심을 유지하는 것은 경험이 풍부한 태식에게도 힘든 일이었다.

하물며 용덕수는 더욱 그럴 터였다.

힐끗.

타석에 들어선 용덕수가 더그아웃을 살폈다.

이철승 감독을 비롯한 코칭스태프들이 모여서 분주하게 움직이는 것을 확인한 용덕수의 표정이 또 한 번 변했다.

비장한 것은 여전히 마찬가지였지만, 아까와 달리 피가 날 정도로 입술을 지그시 깨물고 있었다.

"얼어붙은 게 아냐. 승부욕이 발동한 거지."

그 반응을 확인한 태식이 두 눈을 빛냈다.

그동안 태식이 곁에서 지켜본 용덕수의 장점들 중 하나는 승부욕이 무척 강하다는 것이었다.

또, 겁도 별로 없었다.

아직 경험이 일천함에도 불구하고 1군 무대에서 떨지 않고 자신의 플레이를 펼치고 있다는 것이 용덕수가 겁이 없다는 증거였다.

"어쩌면… 예상외의 결과가 나올 수도 있겠는데."

타석에 들어서 있는 용덕수를 바라보던 태식의 두 눈이 기대감으로 물들었다. 그리고 재빨리 마운드에 서 있는 조현승을 살폈다.

'급해!'

8회 말 2사 1, 2루의 위기 상황에서 마운드에 올라온 조현승은 김대희를 상대로 외야플라이를 유도해 급한 불을 끄고 내려갔다. 그리고 조현승은 9회 말에도 마운드에 올라와 2사까지 잡아낸 상황이었다.

현재까지 투구 수는 19개.

아웃 카운트 하나만 더 잡아내면 9회 말도 무실점으로 넘길 수 있는 상황이었지만, 조현승의 표정에는 조급함이 묻어나고 있었다.

'투구 수에 신경 쓰고 있어!'

조현승이 조급한 이유를 태식은 짐작할 수 있었다.

한성 비글스의 불펜진은 절대 두터운 편이 아니었다.

만약 이대로 경기가 연장에 접어든다면 조현승은 10회 말에도 다시 마운드에 올라올 가능성이 높았다.

즉, 자신이 1이닝을 더 책임져야 한다는 사실을 알고 있기 때문에, 조현승은 지금 조급한 마음을 갖고 있는 것이었다.

'빠른 승부!'

이런 점들을 이미 알고 있고, 또 감안하고 있는 조현승이라면 용덕수와의 승부를 빠르게 가져갈 확률이 높았다.

'실투!'

너무 서두르다 보면, 항상 실투가 나오게 마련이었다.

휘이이익!

그 사실을 모를 리 없는 태식이 손을 입으로 가져가 둥글게 모은 채 휘파람을 불었다.

휘파람 소리를 들은 용덕수가 더그아웃으로 고개를 돌린 순간, 태식이 검지를 입으로 가져갔다.

끄덕!

태식이 취한 모션을 확인한 용덕수가 작게 고개를 끄덕였다.

슈아악!

그 순간, 조현승이 오늘 경기에서 던진 스무 번째 공이 홈 플레이트로 향했다.

'직구, 가운데로 몰렸다!'

구종과 코스를 확인한 태식이 두 눈을 치켜뜬 순간, 용덕수의 배트가 망설이지 않고 힘차게 돌아갔다.

따악!

묵직한 타격음과 함께 빨랫줄 같은 타구가 쭉쭉 뻗어나갔다.

타다닷!

타구를 쫓기 위해 몸을 돌려서 펜스 쪽으로 달려가던 중견수가 이내 멈추고 고개를 아래로 푹 떨구었다.

홈런이 될 것을 짐작하고 타구를 쫓는 것을 포기한 것이었다.

콰앙!

용덕수가 때린 타구는 백스크린 중단을 강타하고 다시 그라운드로 떨어졌다.

'끝내기다!'

태식이 두 주먹을 불끈 쥔 채 길고 치열했던 긴 승부에 종지부를 찍는 끝내기 홈런을 날린 용덕수를 바라보았다.

타구를 친 순간부터 전력 질주를 하기 시작한 용덕수는 2루 베이스 근처에 도착하고 나서야 고개를 힐끗 돌려 타구를 확인했다.

백스크린을 맞추고 나서 다시 그라운드에 떨어져 있는 공을 확인하자마자 용덕수는 더욱 열심히 내달렸다.

"뭐 하는… 거야?"

쒜애액!

3루 베이스를 향해 헤드 퍼스트 슬라이딩을 시도하는 용덕수의 모습을 지켜보던 태식이 고개를 절레절레 흔들었다.

'모르는군!'

승부욕도 무척 강하고, 겁도 없는 편이지만, 그래도 용덕수는 경험이 많지 않은 신인이 맞았다.

자신이 긴 승부의 종지부를 찍는 끝내기 홈런을 때렸다는 사실조차도 미처 깨닫지 못하고, 3루에서 슬라이딩을 하는 것이 용덕수가 신인이라는 증거였다.

"용덕수, 뭐 해?"

"저 자식, 지금 뭐 하는 거야?"

"빨리 일어나서 홈으로 달려와야지. 계속 기다리게 할 거야?"

용덕수가 끝내기 홈런을 터뜨린 순간, 더그아웃을 박차고 나가던 팀원들도 황당한 표정을 지으며 소리쳤다.

그리고 황당한 표정을 지은 것은 관중들도 마찬가지였다.

"우하하!"

"코미디하냐?"

"야구팬 20년이지만 끝내기 홈런치고 슬라이딩 하는 건 처음 봤다."

"헐! 대박!"

그 소리조차 들리지 않는 걸까.

헤드 퍼스트 슬라이딩을 시도했던 용덕수가 의아한 시선을 던졌다.

중계 플레이도 없었고, 한성 비글스의 3루수도 이미 더그아웃으로 터덜터덜 걸어가고 있다는 것을 뒤늦게 확인했기 때문이다.

어느새 홈 플레이트 앞에 몰려들어 있는 팀원들을 용덕수가 멍하니 바라보고 있을 때, 태식이 소리쳤다.

"뭐 해? 빨리 안 뛰어 들어오고?"

그제야 끝내기 홈런을 터뜨렸다는 사실을 알아챈 용덕수가 멋쩍게 웃었다.

다시 달리기 시작해서 홈 플레이트를 밟은 순간, 태식이 용덕수의 헬멧을 두드리면서 물세례를 퍼부었다.

"형, 진짜 홈런이에요?"

"그래."

"이거, 몰래카메라 아니죠?"

그 질문에 태식은 대답하지 못했다.

심원 패롯스 선수들이 용덕수를 에워싸고 물세례를 퍼부으면서 헬멧을 두드리기 시작했기 때문이다.

"잘했다, 덕수야."

그 모습을 지켜보다가 픽 웃으며 용덕수에게 닿지 못한 한마디를 남긴 태식이 더그아웃 쪽으로 고개를 돌렸다.

두 주먹을 불끈 움켜쥔 채 환호하고 있는 이철승 감독이 보였다.

한성 비글스와의 맞대결에서 연승을 달리며 스윕이란 목표에 한발 더 다가간 것이 기쁜 것이리라.

그러나 그게 다가 아니었다.

어제 경기에서는 태식이 결승타를 터뜨렸고, 오늘 경기에서는 용덕수가 끝내기 홈런을 터뜨리며 팀의 승리를 견인한 것이 더욱 그를 기쁘게 만든 것이었다.

자신의 선택이 틀리지 않았다는 확신을 가지는 계기가 되었을 테니까.

"이제 시작입니다."

그런 이철승 감독을 보며 환하게 웃던 태식이 작게 한마디를 덧붙였다.

* * *

싱글벙글.

극적인 끝내기 홈런으로 경기가 끝난 지 한참 지났지만, 용덕수의 입가에서는 웃음이 떠나지 않았다.

"그렇게 좋냐?"

"네, 좋아 죽겠습니다."

일 초의 망설임도 없이 돌아온 대답을 들은 태식이 픽 하고 실소를 터뜨렸다.

"뭐가 제일 좋은데?"

"음, 처음이니까요."

용덕수의 대답을 들은 태식이 희미하게 고개를 끄덕였다.

첫 홈런.

용덕수는 1군 무대에서 뛰기 시작한 후 처음으로 홈런을 기록한 것이었다. 그런데 그 첫 홈런이 트레이드로 심원 패롯스로 적을 옮긴 후 팀의 연승을 이끄는 귀중한 결정적인 끝내기 홈런이었다.

용덕수에게 처음인 것은 그것만이 아니었다.

경기가 끝난 후 오늘 경기의 MVP로 선정됐고, 수훈 선수 인터뷰도 용덕수의 몫이었다.

프로 선수가 된 후에 처음으로 하는 경험들이 잔뜩 쌓였으니 어찌 기쁘고 흥분되지 않을까.

솔직히 말하면 태식도 뺨에 뽀뽀라도 해주고 싶을 정도로 용덕수가 기특했다.

어떻게 표현하면 될까.

품 안의 자식이 모의고사에서 전교 1등을 차지한 느낌이랄까.

용덕수가 쳐낸 끝내기 홈런은 심원 패롯스의 연승을 이끌었다는 점에서 분명히 의미가 있었다.

그렇지만 태식과 용덕수 개인에게도 커다란 의미가 있었다.

한성 비글스와의 3연전에서 먼저 2승을 거두는 동안 심원 패롯스의 승리를 이끈 원동력은 태식과 용덕수의 맹활약이었다.

번갈아 가면서 강렬한 인상을 남긴 덕분에 싸늘하던 팬들의 시선과 마음에 조금씩 변화가 생길 조짐이 보였다.

용덕수가 끝내기 홈런을 터뜨리고 홈 플레이트에 도착했을 때, 팬들이 쏟아낸 열렬한 환호가 변화의 증거였다.

"선배들이 먼저 말을 걸어주셨습니다."

"응?"

"아까 처음이라고 말씀드렸잖아요. 선배들이 저한테 먼저 말을 걸어주신 거, 이번이 처음이었어요. 다 기뻤지만 그게 제일 기뻤습니다."

"그래?"

태식이 쓰게 웃었다.

겉으로 내색하지 않기 위해 애썼지만, 텃세로 인해 용덕수가 했을 마음고생이 심했다는 것이 느껴졌다.

"뭐라고 하던데?"

"어리바리한 짓 하지 말라고 했습니다."

"어리바리한 짓?"

"홈런 치고 3루에서 슬라이딩하는 놈은 처음 봤다고 하셨습니다. 제가 좀 어리바리하긴 했죠?"

머리를 긁적이면서 얼굴을 붉히고 있는 용덕수를 바라보던 태식이 다시 한번 실소를 터뜨렸다.

끝내기 홈런을 터뜨리고 나서 3루에서 슬라이딩이라니.

용덕수의 플레이가 좀, 아니, 많이 어리바리했던 것은 사실이었다.

야구를 시작한 지 벌써 20년이 훌쩍 넘은 태식도 그런 플레이를 목격한 것은 이번이 처음이었다.

"덕수야, 이제 형 말을 믿겠어?"

"네? 뭘요?"

"야구만 잘하면 텃세는 자연히 해결될 거라고 했잖아."

"네, 확실히 선배들이 절 바라보는 눈빛이 좀 달라진 것 같
긴 했습니다."

"이제 남은 건 하나야."

"뭡니까?"

"꾸준히 활약하는 것. 그럼 다 잘될 거야."

"명심하겠습니다."

"그럼 이제 불 끄고 자자."

시간을 확인한 태식이 침대로 향했다. 그렇지만 용덕수는
불을 끄러 가는 대신 자꾸 머뭇거렸다.

그런 용덕수를 확인한 태식이 물었다.

"왜? 할 말이 더 남았어?"

"그게……."

"그러지 말고 편하게 말해봐."

머뭇대던 용덕수가 간신히 용건을 꺼냈다.

"그냥 잘 겁니까?"

"자야지. 규칙적인 수면도 훈련과 휴식의 일환이라니까."

"저도 알고 있지만……."

"알지만 뭐?"

"오늘은 날이 날이잖습니까? 그냥 이렇게 자려고 하니까 너
무 서운해서요."

용덕수가 간절한 표정으로 말했다. 그 간절한 표정을 확인

한 태식이 희미하게 웃으며 물었다.

"그래서? 뭘 하고 싶은데?"

"야식이라도 드시죠."

"야식?"

"제가 쏘겠습니다."

"알았다. 네 말대로 오늘은 특별한 날이니까. 단, 오늘만이
다."

"넵! 용식이 두 마리 치킨 어떻습니까? 말씀은 안 드렸지만
밤마다 치킨 생각이 나서 아주 죽을 지경이었습니다."

고작 치킨을 시켜 먹는 것이 다인데 흥분한 기색이 역력한
용덕수를 가만히 보고 있자니 태식은 조금 미안한 마음이 들
었다.

자신과 용덕수는 달랐다.

태식의 나이는 서른일곱.

그동안 술도 많이 마셨고, 놀기도 많이 놀았다.

반면 용덕수의 나이는 이제 겨우 스물둘이었다.

한창 친구들과 어울려 놀고 싶을 나이의 용덕수인데, 그동
안 너무 엄격한 잣대를 들이대면서 통제했던 것이 아닌가 하
는 생각이 들어서였다.

'가끔씩은 좀 풀어주는 것도 나쁘지 않겠군!'

해서 결심을 굳힌 태식이 말했다.

"그냥 치킨이 아니라, 치맥이 하고 싶었겠지."

정곡을 찔린 용덕수가 머리를 긁적일 때, 태식이 덧붙였다.

"치맥 하자."

"네?"

"치맥 하자고."

"하지만……."

용덕수가 두 눈을 치켜뜨며 놀란 기색을 감추지 않았다.

태식이 금주를 선언한 후에 어떤 상황에서도 일절 술을 입에 대지 않는다는 사실을 알고 있기 때문이었다.

"날이 날이라면서. 이런 날 그냥 넘어갈 수는 없잖아."

"넵. 알겠습니다."

혹시 태식의 마음이 바뀔 것이 두려운 걸까.

용덕수는 더 사양하지 않고 바로 콜을 외쳤다.

"전화기가 어디 있더라?"

휴대전화를 찾기 위해서 숙소 안을 분주히 헤매는 용덕수를 향해 태식이 단서 조항을 덧붙였다.

"대신 딱 한 시간만 먹는다. 그리고 맥주는 딱 오백 한 잔씩만 하는 거야."

오랜만에 치맥을 하는 것이 기뻐서일까.

용덕수는 전혀 불만을 표하지 않고 손에 쥔 휴대전화로 치맥을 시켰다.

얼마 지나지 않아 주문한 치맥이 도착했다.

닭다리 하나씩을 손에 들고, 맥주를 가득 따른 잔을 다른 손으로 들었다.

"형, 건배하시죠."

"그래, 축하한다."

"감사합니다. 오늘 같은 날이 제 인생에 찾아올 줄은 꿈에도 몰랐습니다. 이게 다 형 덕분입니다."

"덕수야, 그동안 잘 참아줬다. 우리 앞으로도 열심히 하자."

"알겠습니다."

짠!

두 개의 잔이 부딪혔다.

"자, 첫 잔은 원샷입니다!"

용덕수가 소리치며 잔을 입에 갖다 댄 순간, 태식이 웃으며 화답했다.

"아껴 마셔라."

10. 윈윈 트레이드

9 : 1.

심원 패롯스와 한성 비글스의 3연전 마지막 경기의 스코어였다.

심원 패롯스 타선은 경기 초반부터 한성 비글스의 선발투수인 최재민을 맹폭하면서 리드를 벌렸고, 여유 있게 승리를 거두며 스윕을 달성했다.

태식과 용덕수 모두 이 경기에 선발로 출전했다.

선발 3루수로 출전한 태식이 남긴 기록은 4타수 2안타, 2타점.

안방마님인 용덕수는 4타수 1안타, 1타점을 기록했다.

"괜찮았어!"

휴식일 없이 이어질 원정 경기를 위해서 숙소에서 짐을 꾸리던 태식이 만족스러운 표정을 지었다.

6타수 4안타, 5타점.

트레이드를 통해서 심원 패롯스로 팀을 옮기고 난 후 태식의 기록이었다. 결승타를 포함해서 영양가가 풍부한 타점을 다섯 개나 올린 타석에서의 활약은 만족스러웠고, 수비에서도 큰 실책 없이 무난한 플레이를 펼쳤다.

"형, 이거 보셨어요?"

그때, 용덕수가 태블릿을 갖고 곁으로 다가왔다.

"뭔데?"

"저희에 관한 기사가 떴어요."

"그래?"

용덕수에게서 태블릿을 건네받은 태식이 기사를 살폈다.

〈심원 패롯스와 마경 스왈로우스. 윈윈 트레이드로 반등을 꿈꾸다〉

기사의 제목을 확인한 태식이 쓰게 웃었다.

불과 얼마 전에 두 팀의 트레이드 합의 발표가 났을 때 쏟아졌던 기사들의 분위기와는 너무 달랐다.

　　〈팀의 미래를 버린 심원 패롯스의 무모한 선택〉
　　〈마경 스왈로우스, 트레이드의 승자로 우뚝 서다〉
　　〈심원 패롯스 이철승 감독의 조급증이 부른 패닉 바이〉

　당시에 쏟아졌던 기사들의 제목이었다.
　대부분의 기자들이 패닉 바이라는 극단적인 표현까지 쓰면서 팬들의 반대를 무릅쓰고 트레이드를 밀어붙인 심원 패롯스 이철승 감독의 선택을 비난했다.
　그러나 그 후로 불과 며칠이 흘렀을 뿐인데, 기사 제목과 내용들이 이전과는 극단적으로 바뀌어 있었다.
　태식과 용덕수의 이적 이후 본격적으로 출전한 세 경기에서 심원 패롯스는 3연승을 거두었다.
　우연의 일치가 아니었다.
　심원 패롯스가 3연승을 거두는 과정에서 트레이드를 통해 이적한 태식과 용덕수는 결정적인 역할을 해냈다.
　마경 스왈로우스로 이적한 안주열의 활약도 눈부셨다.
　현재 리그 선두를 달리고 있는 우송 선더스와 마경 스왈로우스의 3연전 마지막 경기에 선발투수로 출전해 7이닝 1실점하며 승리투수가 됐다.

안주열의 호투 덕분에 마경 스왈로우스는 우송 선더스를 상대로 위닝 시리즈를 가져갔고, 리그 8위였던 순위가 7위로 뛰어올랐다.

태식과 용덕수, 그리고 안주열까지.

트레이드를 통해서 팀을 옮긴 세 선수가 이적 후에 모두 맹활약을 펼친 셈이었다. 그래서 기자들도 기사 제목에 윈윈 트레이드라는 표현을 쓰고 있는 것이었고.

"하여간 급해."

태식이 혀를 찼다.

트레이드가 합의된 지 불과 일주일도 흐르지 않은 시점이었다.

이번 트레이드의 진짜 승자가 가려지려면 아직 많은 시간을 두고 보아야 했다. 그럼에도 불구하고 기자들은 태도가 급변해서 호들갑을 떨기 바빴다.

"형!"

"응?"

"근데 이상한 얘기를 들었어요."

"이상한 얘기라니?"

"명기 선배가 절 보며 자꾸 웃으시더라고요. 그래서 제가 왜 자꾸 웃으시냐고 물었더니 뭐라고 하셨는지 아세요?"

용덕수가 말하는 사람은 현재 심원 패롯스의 4번 타자를 맡고 있는 이명기였다. 그는 용덕수에게 먼저 말을 걸어주는 몇 안 되는 팀원들 가운데 한 명이었다.

팀의 간판이라고 할 수 있는 4번 타자를 꿰찬 이명기의 나이는 서른셋.

팀 내에서 고참 축에 속했고, 성격도 모나지 않고 무난한 편이라 후배들이 많이 따르는 편이었다.

또 주장인 김대희의 눈에 보이지 않는 압력에도 전혀 굴하지 않고 용덕수에게 먼저 다가와 주기도 했다.

'힘든 시절을 경험했기 때문에 달라.'

이명기와 김대희, 그리고 강만호.

현재 심원 패롯스 야수들 가운데 가장 스타급 선수들이었다. 그러나 그들에게도 엄연한 차이가 존재했다.

김대희와 강만호는 프로 데뷔 이후 줄곧 심원 패롯스 소속 선수로 뛰면서 프랜차이즈 선수로 성장했다.

반면 이명기는 우송 선더스 소속으로 프로에 입단한 후 두 번의 방출을 경험하고 나서 심원 패롯스로 옮기고 난 후에 뒤늦게 꽃을 피웠다.

프로 선수에게 방출은 뼈아픈 경험이다.

일반 직장으로 치자면 예고 없이 정리 해고를 당한 것이나 마찬가지였으니까.

두 차례나 방출을 당했을 당시, 이명기는 무척 힘든 시련을 겪었으리라.

그리고 그 차이가 태식과 용덕수를 대하는 태도가 다른 이유였다.

어쨌든.

"뭐라고 했는데?"

"좋겠다고 하시던데요."

"왜?"

"곧 스타가 될 거래요."

"스타가… 될 거라고?"

태식이 고개를 갸웃했다.

용덕수가 끝내기 홈런을 터뜨리며 깜짝 활약을 하긴 했지만, 아직 스타가 되려면 먼 상황이었다.

그런데 이명기가 왜 이런 말을 했는지 영문을 알기 힘들었다.

'덕수의 재능을 알아본 건가?'

계속 고민해 봐도 딱히 답이 나오지 않았다. 그래서 고개를 절레절레 흔든 태식이 웃으며 말했다.

"얼른 짐이나 싸자."

"네."

용덕수도 더 군말 없이 짐을 싸기 시작했다.

당시만 해도 몰랐다.

이명기가 했던 말 속에 숨어 있었던 의미를.

그로부터 정확히 이틀 후.

용덕수는 이명기의 예언대로 스타가 됐다

그것도 그냥 스타가 된 것이 아니었다.

무려… 월드 스타가 됐다.

*   *   *

심원 패롯스의 원정 3연전 상대는 현재 리그 선두를 달리고 있는 우송 선더스였다.

대승 원더스, 중앙 드래곤스와 함께 치열한 선두 다툼을 펼치고 있는 우송 선더스는 지난 마경 스왈로우스와의 3연전에서 루징 시리즈를 기록하며 기세가 한풀 꺾인 상태였다.

그로 인해 리그 2위 대승 원더스와의 격차가 반 게임으로 줄어든 우송 선더스는 심원 패롯스와의 3연전에 최소 위닝 시리즈 이상을 노렸다.

그러나 우송 선더스의 감독인 장정훈의 노림수는 빗나갔다.

한성 비글스에게 스윕을 거두며 기세를 탄 심원 패롯스의 타선은 3연전 첫 경기에서 무섭게 폭발했다.

1회 초에만 6득점을 올리면서 13 : 2의 대승을 거두었다.

3연전 두 번째 경기의 양상은 첫 번째 경기와 백팔십도 달랐다.

연승을 계속 이어나가고 싶은 욕심을 가진 이철승 감독은 에이스인 톰 하디를 4일 휴식 후 다시 마운드에 올렸고, 최소 위닝 시리즈를 노리는 장정훈 감독 역시 팀의 에이스인 저니 레스터를 선발투수로 내세웠다.

두 명의 외국인 투수들은 마치 자존심 대결이라도 펼치듯이 긴장감이 넘치는 팽팽한 투수전을 이어나갔다.

그렇게 6회까지 이어진 0의 행진이 깨진 것은 7회 초였다.

그리고 0의 행진을 깨뜨린 주역은 바로 태식이었다.

*　　　*　　　*

'한 점 승부!'

우송 선더스와의 3연전 첫 경기에 결장한 데 이어 두 번째 경기에서도 태식은 선발 라인업에서 제외됐다.

해서 더그아웃에서 두 명의 외국인 에이스들이 공을 던지는 모습을 지켜보던 태식이 두 눈을 빛냈다.

6이닝 무실점, 1안타, 볼넷 하나.

저니 레스터가 6회까지 남긴 기록이었다.

타격감이 상승세인 심원 패롯스의 타선을 상대로 피안타를 단 하나만 허용한 저니 레스터의 투구는 눈부셨다.

종속이 좋은 140㎞대 후반의 직구와 위력적인 포크볼을 앞세운 저니 레스터의 공격적인 투구 앞에 심원 패롯스의 타자들은 전혀 맥을 추지 못했다.

거의 완벽에 가까운 투구를 펼치던 저니 레스터는 7회 초에 접어들어 처음으로 선두 타자에게 출루를 허용했다.

볼넷.

3번 타자 최순규와 풀카운트 승부 끝에 볼넷을 허용하며 위기를 자초했다. 그러나 저니 레스터는 에이스답게 노련했다.

위기 상황에서 위력적인 포크볼을 던져서 4번 타자 이명기에게 3루수 앞으로 굴러가는 평범한 내야 땅볼을 유도해 냈다.

병살 플레이를 유도해서 스스로 위기를 탈출하는 것처럼 보였지만, 우송 선더스의 3루수인 심태평이 예상치 못한 실책을 범하면서 상황이 급변했다.

툭.

병살 플레이를 의식해서 너무 서둘렀던 탓일까.

심태평은 글러브를 너무 일찍 닫았고, 글러브를 맞고 튀어오른 타구는 바닥에 떨어져 앞으로 굴렀다.

다시 공을 잡은 심태평이 1루로 송구했지만, 전력 질주한 이명기의 발이 1루 베이스에 닿은 것이 더 빨랐다.

심태평의 실책으로 인해 무사 1, 2루의 절호의 득점 찬스가 찾아온 순간, 심원 패롯스의 더그아웃이 부산해졌다.

경기 시작 후 줄곧 감독석에 앉아 있던 이철승 감독이 자리에서 일어섰다.

그런 그가 고개를 돌려 태식을 바라보았다.

"희생번트다!"

대타자의 임무를 부여받고 자리에서 일어난 태식과 대기타석에 서 있다가 더그아웃으로 돌아오는 김대희의 시선이 부딪혔다.

쾅!

교체에 불만을 품고 헬멧과 배트를 거칠게 내던지는 김대희의 안광은 강렬했다.

마치 눈싸움이라도 벌이듯이 김대희가 쏘아보았지만, 태식은 고개를 돌려 그 강렬한 시선을 먼저 피했다.

'지금은 자존심 싸움을 할 때가 아니다!'

태식이 속으로 김대희에게 충고를 건넸다.

현재 심원 패롯스는 4연승의 상승세를 타고 있었다.

만약 오늘 경기까지 승리해서 5연승에 성공한다면, 본격적으로 반등의 분위기를 탈 수 있다.

그러니 지금은 선수들끼리 기 싸움을 하며 심력을 소모할 때가 아니라, 팀의 승리를 위해서 마음을 모을 때였다.

그리고 하나 더.

김대희는 자존심이 상할 필요가 하등 없었다.

이철승 감독이 대타자로 나서는 태식에게 번트를 지시했다는 것은, 그 역시 오늘 경기를 한 점 승부라고 판단했다는 의미였다.

오랫동안 클린업트리오로 활약했던 김대희가 번트에 익숙지 않다는 사실을 알고 있기 때문에 좀 더 번트에 능한 태식을 대타자로 선택한 것이 전부였다.

"집중하자!"

타석을 향해 걸어가면서 태식이 혼잣말을 꺼냈다.

더그아웃에서 지켜보았던 저니 레스터의 구위는 위력적이었다.

안타를 때려내는 것은 물론이고, 번트를 대는 것도 분명히 쉽지 않은 상황이었다.

더구나 우송 선더스의 수비진은 희생번트를 댈 것을 예상하고 수비를 펼칠 터였다. 그런 만큼 희생번트를 성공시키는 것은 결코 쉬운 일이 아니었다.

"원정 경기가 낫군!"

천천히 타석에 들어선 태식이 쓰게 웃었다.

홈경기에서 들리던 야유 소리가 원정 경기에서는 전혀 들리지 않았다. 그래서 한결 마음이 편해진 태식이 타석에 들어서

자마자 번트 자세를 취했다.

슈아악!

저니 레스터가 던진 초구는 포크볼이었다.

'쉽게 번트를 대도록 허용하진 않을 거야!'

타석에 들어서기 전 태식이 했던 예상대로였다.

타다닷.

타다다닷.

저니 레스터의 손에서 공이 떠난 순간, 1루수와 3루수가 맹렬히 홈 플레이트를 향해 대시했다.

그로 인해 압박감을 느끼며 태식이 배트를 컨트롤했다.

틱! 데구르르.

저니 레스터가 포크볼을 던질 것이라고는 이미 예상하고 있었다. 그렇지만 포크볼이 떨어지는 각도는 태식의 예상을 훌쩍 뛰어넘었다.

"파울!"

수비진의 전진으로 인해 가슴이 답답할 정도로 압박감을 느끼며 무의식적으로 갖다 댄 배트의 밑 부분에 공이 맞았다.

간신히 맞추는 것까지는 성공했지만, 번트 타구는 홈베이스를 맞고 뒤로 빠지며 파울이 선언됐다.

'역시 쉽지 않아!'

태식이 한숨을 내쉬었다.

지금은 분명히 희생번트가 필요한 시점이다. 그리고 이철승 감독의 믿음에 부응하기 위해서라도 희생번트를 성공시켜야 한다.

그러나 이미 희생번트를 예상하고 있는 우송 선더스의 수비진의 조직적인 움직임으로 인해 작전을 성공시키는 것이 어려웠다.

'자칫 잘못하면… 더블플레이가 될 수도 있어!'

태식의 머릿속이 복잡해졌다.

아까보다 상황이 더 어려워진 셈이었다.

노 볼 원 스트라이크.

볼카운트가 불리하게 몰리면서 희생번트를 성공시킬 기회도 줄어들었기 때문이다.

만약 또 한 번 번트에 실패해서 투 스트라이크 상황으로 변한다면, 희생번트를 할 기회조차 사라진다.

물론 쓰리 번트 작전을 펼칠 수도 있다.

그렇지만 파울이 되는 경우에 아웃이 되는 것을 감안하면, 쓰리 번트를 강행하는 것은 위험 부담이 너무 컸다.

더구나 불리한 볼카운트에 몰린 상황에서 최고의 구위를 자랑하는 저니 레스터를 상대로 강공으로 전환한다고 해서 좋은 결과가 나올 가능성이 높지 않았다.

'이번에 무조건 성공시켜야 해!'

태식이 각오를 다지며 다시 번트 자세를 취했다.

'포크볼!'

저니 레스터가 2구째에 선택할 구종은 예측이 됐다.

문제는 평소보다 더욱 날카로운 궤적으로 꺾이는 포크볼은 예측하더라도 대응이 쉽지 않다는 점이었다.

슈아악!

타다닷.

타다다닷!

저니 레스터가 2구를 던진 순간, 아까와 마찬가지로 1루수와 3루수가 홈 플레이트 쪽으로 맹렬하게 대시했다.

그것을 확인한 태식이 두 눈을 빛내며 자세를 최대한 낮추었다.

'더 아래로!'

11. 월드 스타

'더 아래로!'

이미 한 번 겪어보았기에 저니 레스터가 던지는 포크볼의 궤적은 예측할 수 있었다.

태식이 아까보다 훨씬 더 아래쪽으로 배트를 가져가 공을 맞추기 위해 애썼다.

틱!

너무 아래로 갖다 댄 걸까?

태식이 자세를 최대한 낮춘 채로 가져다 댄 배트의 윗부분에 공이 맞았다. 그리고 배트 윗부분에 맞은 타구는 위로 떠올랐다.

바닥을 구르지 않고 허공으로 떠오른 타구를 확인한 두 명의 주자들이 일제히 흠칫하며 멈추었다.

내야플라이가 돼서 더블 아웃이 되는 것을 우려했기 때문이다. 그리고 흠칫하며 멈춘 것은 주자들만이 아니었다.

맹렬하게 홈 플레이트 쪽으로 대시해 오던 1루수와 3루수도 당황하며 흠칫한 것은 마찬가지였다.

특히 3루 쪽으로 공이 떠오른 것을 확인한 3루수 심태평의 표정에는 당황한 기색이 역력했다.

'넘어가라!'

타다다닷!

1루 베이스를 향해 뛰기 시작한 태식이 타구의 궤적을 눈으로 좇았다.

번트 자세로 배트에 맞춘 공이 떠오른 것은 실수가 아니었다. 의도적으로 태식이 타구를 허공에 띄웠던 것이다.

'키를 넘기자!'

태식이 주목한 것은 3루수인 심대평의 움직임이었다.

아까 자신이 범했던 실책을 만회하고 싶은 마음이 크기 때문일까.

심대평이 홈 플레이트 쪽으로 대시하는 움직임은 과하다 싶을 정도로 적극적이었다.

더블플레이를 머릿속으로 의식하고 있었기 때문이다.

그것을 확인한 태식이 노린 것은 심대평이 홈 플레이트 쪽으로 대시하면서 생기는 뒤쪽의 빈 공간이었다.

'저 빈 공간에 공을 떨어뜨릴 수만 있다면?'

주자들은 물론이고 타자인 태식도 살 수 있을 것이란 확신이 생겼다.

쿵쿵쿵.

3루수 심대평이 타구를 쫓아서 뒷걸음질을 치면서 글러브를 쭉 뻗었다. 그렇지만 타구는 태식이 바라던 대로 글러브 위를 살짝 넘기고 바닥에 떨어졌다.

'됐다!'

그사이, 이미 1루 베이스를 통과한 태식이 주먹을 불끈 움켜쥐었다.

무사 만루.

비록 희생번트를 성공시킨 것은 아니었지만, 결과적으로는 희생번트보다 더 나은 상황이 된 셈이었다.

짝짝짝.

잘했다는 듯 박수를 치고 있는 이철승 감독의 모습을 확인한 태식이 그제야 긴장을 풀었다.

딱!

뒤이어 등장한 6번 타자 조용기는 내야 땅볼을 때렸다.

느릿하게 굴러간 타구는 2루수의 호수비에 걸려서 병살 플레이로 끝났지만, 그사이 3루 주자가 홈으로 들어오며 심원 패롯스는 선취 득점을 올렸다.

무사 만루 찬스에서 올린 1득점.

분명히 아쉬운 결과였다.

그렇지만 오늘 경기의 승리를 위해서 심원 패롯스에게 필요한 점수는 단 1점이면 차고 넘쳤다.

*　　　　*　　　　*

자고 일어나 보니 스타가 됐다는 말이 있다.

용덕수가 바로 그 말의 주인공이 됐다.

용덕수는 미국의 세계적인 스포츠 채널인 ASPN에 소개되며 깜짝 스타로 부상하게 된 것이었다.

〈최고? 최악? KBO 리그에서 나온 오묘한 슬라이딩〉

ASPN에서 소개한 영상의 제목을 번역하면 다음과 같았다.

단신처럼 짤막하게 소개를 한 것이 다가 아니었다.

ASPN은 용덕수가 끝내기 홈런을 때리고 나서 전력 질주를 해서 3루 베이스를 향해 필사적으로 슬라이딩을 하는 플레이가 담긴 풀영상을 소개했다.

"오늘은 최근 KBO의 야구팬들 사이에서 가장 화제가 되고 있는 영상을 특별히 소개해 드리겠습니다. 자, 타석에 서 있는 타자의 스윙을 보세요. 가운데로 몰린 투수의 실투를 놓치지 않고 완벽하게 받아치는 스윙은 무척 아름답습니다. 그런데 문제는 이 아름다운 스윙에 주목한 사람이 아무도 없다는 것입니다. 아름다운 스윙을 한 한국인 타자의 입장에서는 억울한 측면이 분명히 있겠지만, 모두가 스윙이 아니라 슬라이딩에 주목을 했습니다. 그렇지만 이건 어쩔 수가 없는 상황입니다. 한국인 타자의 스윙보다 슬라이딩이 워낙 인상적이었기 때문입니다."

"와우! 진짜 기가 막힌 슬라이딩이지 않습니까? 부상을 전혀 두려워하지 않는 저 과감한 슬라이딩을 주목해 보세요. 중계 플레이도 없고, 판정을 해줄 심판도 떠난 마당에 저렇게 과감한 슬라이딩이라니요. 팀의 승리를 확정 짓는 끝내기 홈런을 때리고 나서 3루에서 슬라이딩을 하는 저 장면은 야구의 본고장이라고 할 수 있는 메이저리그에서도 단 한 번도 나온 적이 없습니다. 이 장면을 대체 이렇게 표현하면 될까요? 야구의 새로운 지평을 열었다고 표현하면 어떨까요?"

"하하! 말 그대로 새로운 야구네요."

"다시 한번 영상을 주목해서 보세요. 저 한국인 타자가 슬라이딩을 했는데 3루수는 이미 더그아웃으로 돌아가 버린 후에요. 뒤늦게 끝내기 홈런을 때렸다는 사실을 알고 나서 멋쩍은 표정으로 머리를 긁적이는 한국인 선수의 모습. 신선하죠? 야구계에 새로운 코미디 스타가 등장했습니다."

이 영상을 소개하던 ASPN의 캐스터와 해설자 사이에 오간 대화였다.

SNS의 힘.

대한민국의 가수였던 싸이는 특유의 B급 정서와 중독성 강한 멜로디, 흥겨운 댄스로 무장한 '강남스타일'이란 노래 덕분에 일약 세계적인 스타가 됐다.

저스틴 비버와 마돈나처럼 세계적인 팝스타들과 어깨를 나란히 하며 함께 무대에 섰을 정도이니 더 말해 무엇할까.

그리고 싸이가 세계적인 스타가 된 데는 SNS의 역할이 컸다.

입소문을 타고 국내에서 먼저 화제가 된 후, 외국인들의 SNS에서도 소개되면서 순식간에 강남스타일 열풍이 불게 된 것이었다.

용덕수도 크게 다르지 않았다.

끝내기 홈런을 터뜨리고 나서 3루에서 슬라이딩을 했던 용덕수의 영상은 국내에서 먼저 크게 화제가 됐고, 한국 야구팬들은 물론이고 외국 야구팬들의 SNS 등을 통해서 널리 퍼지기 시작했다.

ASPN에서 SNS에서 화제가 되고 있는 용덕수의 영상을 확인하고 소개한 후, 외국의 다른 매체들에서도 앞다퉈 용덕수의 영상을 소개했다.

덕분에 한국은 물론이고 미국 야구팬들 사이에서도 크게 화제를 불러일으키며 용덕수는 단숨에 월드 스타가 된 것이었다.

"어이, 용 스타!"

"이야. 부러워 죽겠어."

"이거 미리 사인이라도 받아둬야 하는 거 아냐? 나중에 더 유명해지고 나서 날 모른 척하면 안 돼."

"월드 스타 탄생이네!"

리그 선두를 달리고 있는 우송 선더스를 상대로 두 경기를 먼저 잡아내며 5연승을 내달린 심원 패롯스의 팀 분위기가 좋기 때문일까.

선수들은 농담 반, 장난 반으로 용덕수에게 한마디씩을 던졌다.

그리고 지금 자신에게 벌어진 상황이 믿기지 않는 걸까.

상기된 얼굴로 숙소로 돌아온 용덕수를 발견한 태식이 입을 뗐다.

"덕수야!"

"네."

"부럽다."

"아, 형까지 왜 그러세요?"

용덕수가 멋쩍은 표정으로 대꾸했다.

그렇지만 태식은 용덕수를 놀리는 것을 멈추지 않았다.

"진짜 부러워서 그래."

"뭐가 부러우세요?"

"월드 스타. 그거 아무나 되는 것 아니다."

"뭘, 또 월드 스타씩이나요."

"하하. 월드 스타 맞잖아?"

"솔직히⋯ 이걸 좋아해야 할지 아닌지 잘 모르겠습니다."

용덕수가 한숨을 내쉬며 덧붙였다.

"야구를 잘해서 유명해진 것도 아니고, 경기 중에 어리바리
한 플레이를 해서 유명해진 거잖아요. 그래도⋯ 어머니는 좋
아하시더라고요."

"좋은 일이야."

"그런가요?"

"어떤 식으로든 화제가 되고 사람들의 관심을 끌었다는 건
분명히 네게 좋은 일이야."

"정말 좋은 일일까요?"

여전히 확신이 서지 않는다는 표정을 짓고 있는 용덕수를 바라보던 태식이 픽 웃으며 덧붙였다.

"개구리 올챙이 적 생각 못 한다는 속담, 들어본 적 있지?"

"네. 그런데 갑자기 그 속담은 왜 꺼내시는 겁니까?"

"지금 너한테 딱 어울리는 속담 같아서."

"……?"

"예전 생각을 한번 해봐. 만약 퓨처스 리그에서 네가 이런 플레이를 펼쳤다고 한들 화제가 되기나 했을 것 같아? 끝내기 홈런을 때린 것은 물론이고 3루에서 슬라이딩을 했던 것도 그저 단순한 해프닝으로 끝났을 거야. 그런데 지금은 어때? 월드 스타가 됐잖아? 이게 다 1군 무대에 올라와서 경기를 한 덕분이라고."

태식의 설명을 듣고서 용덕수의 표정이 조금 밝아졌다.

"듣고 보니 그건 그렇네요."

"그뿐이 아냐."

"또 뭐가 있어요?"

"네가 월드 스타가 되고 나니까 팀원들도 네게 먼저 말을 걸잖아."

트레이드를 통해서 심원 패롯스로 팀을 옮긴 태식과 용덕수는 그동안 팀원들에게서 투명인간 취급을 받았다.

그런데 지금은 상황이 조금 변했다.

태식과 용덕수가 트레이드로 이적한 후에 맹활약을 하면서 팀원들의 시선이 조금씩 바뀌기 시작했고, 용덕수가 갑작스레 월드 스타(?)로 부상하고 나자 농담을 던지며 먼저 말을 거는 팀원들이 늘어나고 있었다.

물론 아직 팀원들이 마음의 문을 완전히 연 것은 아니었다.

김대희, 강만호와 친하게 지내는 선수들은 여전히 태식과 용덕수에게 말을 걸기는커녕 눈도 제대로 마주치려고 하지 않았으니까.

그렇지만 변화가 시작된 것은 부인할 수 없었다.

그 변화의 계기가 용덕수가 예기치 못하게 깜짝 스타가 된 것이라는 것도 부인할 수 없었고.

"이제부터 더 잘해야 해."

"지금보다 더요?"

"세계가 주목하는 스타인데 당연히 더 잘해야지."

"에이, 자꾸 그러지 마시라니까요."

부담스러운 표정을 짓고 있는 용덕수를 확인한 태식이 웃으며 덧붙였다.

"월드 스타 용덕수 선수. 앞으로 잘 부탁드립니다."

*   *   *

심원 패롯스와 우송 선더스의 3연전 마지막 경기.

선발 라인업에서 제외됐다는 사실을 알게 된 김대희가 경기 전 훈련을 대충 마무리하고 더그아웃으로 돌아왔다.

그런 김대희의 시선이 감독석에 앉아 있는 이철승에게로 향했다.

마침 두 사람의 시선이 부딪혔지만, 이철승 감독은 김대희의 강렬한 시선을 모른 척 외면했다.

"분명히… 경고했습니다."

선발 라인업에서 빠진 것으로 인해 좀처럼 화가 가라앉지 않았다. 그래서 이철승 감독을 노려보며 작게 혼잣말을 한 김대희가 강만호의 곁에 털썩 주저앉았다.

"만호야, 이게 말이 되냐?"

"당연히 말이 안 되죠."

"네가 봐도 그렇지?"

"선배가 그동안 보여주신 것들이 얼마입니까? 올 시즌에 좀 부진했다고 해서 저런 퇴물에게 더 많은 기회를 주는 것이 과연 맞습니까? 이건 김 선배가 그동안 쌓은 커리어에 대한 모욕입니다. 모욕."

김대희가 희미하게 고개를 끄덕였다.

강만호가 방금 꺼낸 말이 자신의 마음을 딱 대변하고 있었기 때문이다.

그때, 강만호가 우려 섞인 표정으로 말했다.

"그런데 문제는 요새 분위기가 심상치 않다는 것입니다."

"분위기가 심상치 않다니?"

"퇴물과 육성이 팀에 합류한 후에 반짝 활약을 하니까 애들 눈빛이 달라졌어요. 단단히 주의를 줬는데도 육성한테 먼저 말을 거는 애들도 있고 말이죠. 그뿐이 아니에요. 감독님도 서서히 저희에게 등을 돌리고 있는 느낌이에요."

"그건 나도 느꼈다."

"저도 좀 초조해요."

"응?"

"육성이 잘하잖아요. 감독님이랑 팬들 마음이 완전히 돌아서기 전에 저도 얼른 복귀해야겠어요."

강만호는 아직 부상에서 완전히 회복하지 못한 상태였다.

그럼에도 그는 부상 완쾌 전에 복귀하겠다는 의사를 밝혔다.

트레이드를 통해서 팀에 새롭게 합류한 포수 용덕수의 활약으로 인해 불안하고 조급해졌기 때문이리라.

"답답하네."

김대희가 한숨을 내쉬었다.

다시 예전의 폼을 되찾아 야구를 잘하면 다 해결될 것이다.

그러나 그게 뜻대로 되지 않는 것이 문제였다.

해서 답답한 표정을 짓고 있을 때였다.

"그래도 너무 걱정하지 마세요. 어차피 반짝일 테니까요."

"반짝?"

"말이 좋아 저니맨이지, 이 팀, 저 팀 떠돌아다니면서 퇴물 취급을 받았던 데는 다 이유가 있을 겁니다. 육성 출신인 용덕수도 마찬가지이고. 지금이야 반짝 활약을 하고 있지만, 머 잖아 밑천이 드러날 겁니다."

강만호의 말이 조금 위로가 됐다.

그제야 표정이 조금 밝아진 김대희가 스트레칭에 열중하고 있는 김태식을 매섭게 노려보았다.

12. 전력 질주

우송 선더스를 상대로 스윕을 거두며 6연승을 내달리고 싶어 하는 이철승 감독은 3연전 마지막 경기에 현재 내세울 수 있는 베스트 라인업을 꾸렸다.

선발투수는 윌린 해멀스.

한동안 어깨 통증으로 라인업에서 빠졌던 윌린 해멀스는 이번 경기를 통해 복귀전을 치르는 셈이었다.

톰 하디와 이연수에 이어서 팀의 3선발 역할을 맡고 있는 외국인 투수 윌린 해멀스의 복귀 일정까지 조정해 가면서 오늘 경기의 선발투수로 내세운 것이 이철승 감독의 오늘 경기 승리에 대한 열망이 얼마나 강한지 보여주는 증거였다.

우송 선더스도 필사적인 것은 마찬가지였다.

지난 두 경기를 모두 내주면서 대승 원더스에게 리그 선두 자리를 내준 장정훈 감독은 3연전 마지막 경기를 잡기 위해서 팀의 2선발이자 토종 에이스인 서광현을 선발투수로 내세웠다.

국내 토종 선발투수들 가운데 다섯 손가락 안에 꼽히는 서광현과 외국인 투수인 윌린 해멀스의 맞대결.

팽팽한 투수전이 될 것이란 예상과 달리, 윌린 해멀스는 경기 초반에 제구 난조를 드러내며 위기를 자초했다.

1회 말에 찾아온 2사 만루의 위기는 간신히 무실점으로 넘겼지만, 2회 말 2사 2, 3루의 위기를 넘지 못했다.

우익수 앞에 떨어지는 2타점 적시타를 허용하면서 리드를 허용했다.

다행히 윌린 해멀스는 더 이상 실점을 허용하지 않았다.

이닝을 거듭할수록 안정을 찾아서 다시 에이스의 면모를 보여주었다.

1 : 2.

8회가 끝났을 때의 스코어였다.

심원 패롯스는 4번 타자 이명기의 솔로 홈런으로 한 점차로 추격했지만, 철저하게 서광현에게 막혔다.

팀의 6연승을 이어나가기 위해 남은 공격 기회는 단 한 번.

우송 선더스의 선발투수인 서광현은 9회 초에도 마운드에 올라와 있었다.

서광현이 완투승을 노리는 것은 과한 욕심이 아니었다.

8회까지 서광현의 투구 수는 95개.

완투승을 노리기에 충분할 정도로 투구 수 관리가 잘된 편이었다. 그리고 구위도 전혀 떨어진 기색이 아니었다.

"스트라이크아웃!"

2번 타자 임현일과 3번 타자 최순규를 연속 삼진으로 돌려세운 서광현의 구위는 위력적이었다.

속된 말로 공이 긁히는 날이었다.

특히 평소보다 각도가 훨씬 크게 꺾이는 서광현의 슬라이더는 가히 난공불락이었다.

그렇게 서광현의 완투승으로 마무리될 것처럼 보였던 경기였지만, 9회 초 2사 주자 없는 상황에서 타석에 들어선 이명기는 쉽게 물러나지 않았다.

강만호의 부상과 김대희의 부진으로 인해서 올 시즌 심원 패롯츠의 타선을 혼자서 하드 캐리했다고 해도 과언이 아닌 이명기는 쾌조의 컨디션을 자랑하는 서광현을 상대로 끈질긴 승부를 펼쳤다.

일찌감치 노 볼 투 스트라이크의 불리한 볼카운트에 몰렸

음에도 유인구에 속지 않고 참아내며 풀카운트까지 승부를
끌고 갔다.

딱!

따악!

서광현이 승부구로 던진 슬라이더를 잇따라 커트해 내던
이명기는 11구째까지 이어진 긴 승부 끝에 결국 볼넷을 골라
냈다.

2사 1루.

홈런 한 방이면 역전이 가능해진 상황이었고, 서광현의 투
구 수도 어느덧 110개가 넘어 있었다.

이명기에게 볼넷을 허용하고 서광현이 아쉬운 기색을 드러
내고 있을 때, 타석으로 태식이 들어섰다.

*   *   *

3타수 1안타.

오늘 경기에서 서광현을 상대로 한 태식이 남긴 기록이었
다.

첫 타석에서 2구째로 들어온 직구를 노려 쳐서 좌전 안타
를 기록했지만, 그 뒤 두 타석은 내야 땅볼과 뜬공으로 물러
났다.

'슬라이더를… 노린다.'

후우. 후우.

가쁜 숨을 몰아쉬며 살짝 지친 기색을 드러내고 있는 서광현을 노려보던 태식이 작게 중얼거렸다.

오늘 경기에서 기록한 두 개의 범타는 모두 좌타자의 바깥쪽 코스로 빠져나가는 슬라이더를 공략하지 못해서였다.

수 싸움에 실패했던 것이 아니었다.

서광현이 슬라이더를 던질 것을 미리 예상했음에도 공략에 실패했다.

태식이 짐작했던 것 이상으로 크게 꺾이는 슬라이더의 궤적을 태식의 배트가 따라가지 못했기 때문이다.

'직구는 버릴 거야!'

태식이 서광현을 상대로 첫 안타를 만들어냈던 공이 직구였던 반면, 범타로 물러났던 나머지 두 타석에 서서 서광현이 던진 구종은 슬라이더였다.

태식이 직구에 강점이 있다는 사실을 이미 알고 있는 서광현인 만큼, 범타를 유도해 냈던 슬라이더를 집중적으로 사용할 확률이 높았다.

실제로 오늘 경기에 선발투수로 출전한 서광현이 승부구로 가장 자신 있게 던진 구종이 슬라이더였기도 했고.

'살아 나가는 게 우선이야!'

단숨에 경기를 역전시킬 수 있는 홈런을 때리면 더할 나위 없으리라. 그러나 태식은 욕심을 버렸다.

서광현의 슬라이더는 무척 위력적이었고, 괜히 장타에 욕심을 내다가는 범타로 물러날 확률이 높았다.

지금은 장타를 욕심 낼 때가 아니라, 어떻게든 살아 나가서 루상에 주자들을 모으는 것이 우선이었다.

'투구 수가… 많아졌어!'

만일 태식을 상대로 경기를 마무리하지 못하고 출루시킨다면, 서광현은 강판당할 가능성이 높았다.

올 시즌 들어 선발투수로 나선 경기들 중에서 가장 좋은 컨디션을 보여준 서광현을 마운드에서 끌어내릴 수 있다면, 역전의 기회도 찾아오리라.

서광현도 그 사실을 모를 리 없었다.

슈아악!

서광현이 비장한 표정으로 초구를 던진 순간, 태식이 두 눈을 빛냈다.

예상대로 서광현이 선택한 구종은 슬라이더였다.

스트라이크존을 통과할 것처럼 홈 플레이트를 향해 날아들던 슬라이더는 마지막 순간에 바깥쪽으로 휘어졌다.

'역시 궤적이 날카로워!'

오늘 경기에서 서광현을 상대한 심원 패롯스의 타자들은

안타를 때리기는커녕 배트에 맞추는 것조차 버거워하며 슬라이더를 공략하는 데 실패한 데는 이유가 있었다.

태식도 마찬가지였다.

예상보다 훨씬 더 많이 바깥으로 휘어나가는 슬라이더의 궤적에 따라가기 급급해 타이밍을 잃어버렸다.

그러나 태식이 서광현의 슬라이더를 상대하는 것도 이번이 벌써 세 번째였다. 그래서 슬라이더가 변하는 궤적을 이미 짐작하고 있던 태식은 힘들이지 않고 따라가서 배트 중심에 갖다 맞히는 데 집중했다.

따악!

배트 중심에 맞고 바닥을 굴러간 타구는 유격수와 3루수 사이를 빠져나가는 좌전 안타로 연결됐다.

'됐다!'

1루를 향해 달려 나가던 태식이 이명기를 대신해서 1루 주자로 나섰던 유현신의 베이스러닝을 살폈다.

2사 후였기에 일찌감치 스타트를 끊은 유현신은 2루 베이스를 통과해서 과감하게 3루까지 내달렸다.

"세이프!"

헤드 퍼스트 슬라이딩을 한 유현신이 3루에서 세이프가 선언되면서 2사 주자 1, 3루로 상황이 바뀌었다.

그 순간, 태식의 계산대로 우송 선더스의 감독인 장정훈이 마운드로 걸어 올라왔다.

"교체가… 아니다?"

당연히 투수 교체를 단행할 것이라 여겼는데.

장정훈은 서광현을 강판시키지 않고 마운드 위에서 몇 마디 대화를 나눈 후 그대로 더그아웃으로 돌아갔다.

"왜… 교체하지 않지?"

태식이 의아한 시선을 던지고 있을 때, 이번 찬스에서 동점 내지 역전을 노리고 있던 이철승 감독이 대타 카드를 꺼냈다.

그리고 이철승 감독이 선택한 대타 카드는 김대희였다.

*   *   *

"적시타, 이번에는 때린다!"

이철승 감독에게서 대타자로 나가라는 지시를 받은 순간, 김대희가 지그시 입술을 깨물며 일어섰다.

부웅. 부웅.

대기 타석에서 매섭게 스윙을 하던 김대희의 시선이 전 타석에서 안타를 치고 1루에 나가 있는 김태식에게로 향했다.

4타수 2안타.

오늘 경기에서 자신을 밀어내고 3루수로 선발 출전한 김태식은 2안타를 기록했다.

비록 타점을 올리지는 못했지만, 오늘 경기에서 쾌조의 컨디션을 보인 서광현을 상대로 때려낸 2안타였기에 강렬한 인상을 남기기에 충분했다.

'계속 이런 식이라면 곤란해!'

경기 시작 전, 강만호는 김태식의 활약을 반짝이라고 폄하했다.

얼마 지나지 않아서 밑천을 드러낼 테니 너무 걱정할 필요가 없다고 말했지만, 김대희의 생각은 조금 달랐다.

왠지 김태식의 활약이 반짝하고 끝날 것처럼 느껴지지 않았다.

간결한 스윙은 홈 잡을 곳을 찾기 힘들었고, 선수로서 경험이 많이 쌓인 덕분에 수 싸움에도 능했다.

아무래도 김태식의 활약은 한동안 이어질 것 같았다.

자칫 잘못하면 김태식과의 주전 경쟁에서 밀리지도 모른다는 우려로 인해 김대희의 마음은 더욱 조급해졌다.

'이번 기회는 놓쳐서 안 돼!'

해서 단단히 각오를 다지며 타석에 들어선 김대희가 마운드에 서 있는 서광현을 노려보았다.

서광현의 투구는 이미 더그아웃에서 충분히 지켜본 상황이었다.

오늘 경기에서 서광현이 던지는 직구와 슬라이더는 인상적일 정도로 위력 있고 제구도 잘되는 편이었지만, 이미 투구 수가 110개를 넘긴 상황이라서 조금씩 구위와 제구가 떨어지고 있었다.

11구까지 가는 긴 승부 끝에 이명기에게 볼넷을 허용하고, 김태식에게 안타를 허용한 것이 서광현의 구위가 떨어졌다는 증거였다.

'내가 뒤집는다!'

단타 하나면 동점.

만약 장타를 터뜨린다면 2사 후인만큼 일찌감치 스타트를 끊을 1루 주자 김태식까지 홈으로 불러들여 단번에 경기를 뒤집을 수 있는 상황이었다.

그리고 김대희가 노리는 것은 단타가 아닌 장타였다.

김태식과의 주전 경쟁에서 밀리지 않기 위해서, 또 팬들과 이철승 감독에게 자신이 건재하다는 사실을 알리기 위해서는 강렬하고 인상적인 플레이가 필요했다. 그래서 동점을 만드는 단타로는 부족하다는 생각이 든 것이었다.

'또 직구가 들어올 거야!'

김대희가 두 눈을 가늘게 좁혔다.

자신의 약점이 빠른 공에 제대로 대처하지 못하는 것이라는 사실은 이미 널리 알려진 상황이었다.

우송 선더스의 배터리도 이 약점을 공략할 가능성이 높았다.

'이번에 다 털어버린다!'

슈아악!

김대희가 다짐한 순간, 서광현이 힘차게 공을 뿌렸다.

당연히 빠른 공이 들어올 것이라 확신하고 배트를 내밀었던 김대희의 표정이 도중에 일그러졌다.

'슬라이더?'

직구가 아니었다.

서광현의 손을 떠난 공은 홈 플레이트를 통과하는 순간, 바깥쪽으로 급격히 휘어졌다.

딱!

타이밍이 어긋난 탓에 공은 배트의 중심이 아닌 배트 끄트머리의 윗부분에 맞았다.

"젠장!"

빗맞은 타구가 허공으로 높이 떠오른 순간, 김대희가 손에 들려 있던 배트를 바닥에 내동댕이쳤다.

내야플라이.

더 두고 볼 것도 없었다.

높이 떠오르긴 했지만, 전혀 뻗지 못한 타구는 평범한 내야 플라이가 될 것이 자명했다.

1루로 뛰고 싶은 마음도 들지 않았다.

해서 홈 플레이트 근처에서 타구를 처리하기 위해서 마운드 근처로 달려오는 수비수들을 멍하니 바라보고 있을 때였다.

타다다닷!

갑자기 맹렬한 발소리가 들려왔다.

그 맹렬한 발소리의 주인은 1루 주자인 김태식이었다.

일찌감치 스타트를 끊은 김태식은 어느덧 3루 베이스를 통과해서 홈 플레이트를 향해 쇄도하고 있었다.

전력 질주!

'왜… 저래?'

맹렬한 기세로 홈으로 달려오고 있는 김태식의 모습을 발견한 김대희가 의아한 시선을 던졌다.

아무리 봐도 평범한 내야플라이였다.

그런데 대체 왜 김태식이 저렇게 전력 질주를 하는지 이해가 가지 않아서 무척 당황스러웠다.

당황한 것은 김대희만이 아니었다.

여유롭게 내야플라이를 처리하기 위해 마운드 위로 모여들던 우송 선더스의 내야수들도 김태식의 맹렬한 발소리에 당황하기 시작했다.

"콜!"

"콜! 비켜!"

"비키라니까!"

3루수와 포수, 거기에 1루수까지 마운드 앞으로 몰려들어서 서로 타구를 자기가 잡겠다고 콜을 외치면서 우왕좌왕하기 시작했다.

멍하니 그 모습을 지켜보고 있던 김대희의 눈에 홈 플레이트로 파고들고 있는 김태식의 모습과 포수와 뒤엉킨 3루수가 포구 지점을 제대로 찾지 못해 당황한 채로 글러브를 쭉 내미는 것이 보였다.

'제발 놓쳐라!'

김대희가 자신도 모르는 사이 속으로 간절히 외쳤지만, 아쉽게도 그 바람은 이루어지지 않았다.

"아웃! 경기 종료!"

3루수가 불안한 자세로 쭉 내밀었던 글러브 속으로 공이 빨려 들어가면서, 그대로 경기는 마무리됐다.

13. 초심

'뭐야?'

김대희가 전력 질주 후에 가쁜 숨을 몰아쉬면서 더그아웃으로 돌아가는 김태식을 답답한 표정으로 바라보았다.

어차피 평범한 내야플라이였다.

굳이 저렇게 전력 질주를 해서 1루에서 홈까지 파고들면서 힘을 뺄 필요가 전혀 없었다.

실제로 이런 경우에는 적당히 뛰는 척하다가 도중에 멈추는 것이 대부분이다.

해서 김태식을 한심하게 바라보던 김대희가 고개를 돌렸다.

우여곡절 끝에 간신히 타구를 잡아내는 데 성공한 우송 선더스의 3루수를 비롯한 내야진들이 안도의 한숨을 내쉬고 있는 모습이 보였다.

'그저 평범한 내야플라이일 뿐이었는데…….'

이런 내야플라이가 나올 경우를 대비해서 비시즌 동안 펼쳐지는 수비 훈련 시 수없이 반복 훈련을 거쳤다.

물론 방금 전의 상황이 만약 타구를 실수로 놓친다면 경기 막바지에 동점 내지 역전을 허용하는 긴박한 상황이기는 했었다.

그렇지만 훈련 시에 수없이 경험했던 상황에 맞닥뜨린 우송 선더스의 내야진이 저리 허둥댔던 것은 쉬이 이해가 가지 않았다.

그 순간이었다.

'김태식 때문인가?'

김대희의 표정이 딱딱하게 굳어졌다.

리그에서 상위권의 수비 능력을 갖추고 있는 우송 선더스의 수비진이 저리 당황하며 허둥댄 것은 경기 후반부의 긴박한 상황이기 때문이었다는 것이 다가 아니라는 생각이 들었다.

오히려 도중에 포기하지 않고 끝까지 전력 질주를 하면서 홈으로 쇄도한 김태식의 베이스러닝 때문일 거라는 생각이 퍼뜩 들었다.

실제로 자신도 전혀 예상치 못했던 김태식의 전력 질주로 인해서 무척 당황하지 않았던가.

"만약… 타구를 놓쳤다면?"

우송 선더스의 3루수가 방금 내야플라이를 처리하지 못하고 놓쳤다면, 스코어는 뒤집혔으리라.

전력 질주를 한 김태식은 3루수가 타구를 처리했을 때, 이미 홈플레이트 근처에 도달해 있었기 때문이었다.

"만약 나였다면? 아니, 나를 포함한 다른 선수들이었다면?"

9회 초 2사 상황에서 김대희가 내야플라이를 쳤을 때, 다른 선수라면 이대로 경기가 끝났다고 판단했을 터였다.

그래서 설렁설렁 뛰면서 우송 선더스의 수비진이 타구를 처리하는 것을 지켜보다가 미련 없이 더그아웃으로 돌아갔으리라.

그러나 김태식은 달랐다.

김대희가 친 타구가 평범한 내야플라이라는 것을 진즉에 알았음에도, 김태식은 전력 질주를 해서 홈까지 쇄도했다.

그저 의욕만 과했던 아무런 의미 없는 전력 질주였을 뿐이라는 김대희의 판단은 틀렸다.

김태식의 전력 질주는 우송 선더스의 내야진을 당황하게 만들었다. 그래서 쉽게 처리할 수 있는 평범한 타구를 우왕좌왕하면서 어렵게 처리하게 만드는 효과를 냈다.

"실낱같은 희망이라도 남아 있다면 마지막 순간까지 포기하지 않고 최선을 다한다?"

이미 경기는 종료된 후였다. 그러나 김대희는 더그아웃으로 돌아가서 짐을 꾸릴 생각도 하지 못하고 멍하니 그라운드 위에 서 있었다.

─심판이 경기 종료를 선언하기 전까지 선수들은 포기하지 않고 최선을 다해 플레이를 펼쳐야 한다!

당연한 이야기였다.

그런데 그 당연한 것을 지키지 못하는 선수들이 태반이었다.

김대희도 마찬가지였다.

프로 선수가 될 당시의 초심을 잃어버리고 어느새 타성에 젖어서 최선을 다하는 대신 설렁설렁 플레이를 하는 경우가 늘었다.

"이건… 인정할 만하군."

김태식의 나이는 서른일곱.

이미 선수로서 황혼기에 접어든 경험이 풍부한 백전노장이었다.

그런 그가 초심을 잃지 않고 전력 질주를 하며 최선을 다해 베이스러닝을 펼치는 모습은 신선한 충격으로 다가왔다.

그래서일까.

김대희가 지금까지와는 조금 다른 시선으로 더그아웃으로 돌아가서 묵묵히 짐을 꾸리는 김태식을 바라보기 시작했다.

5승 1패.

우송 선더스와의 3연전에서 스윕을 달성하는 데 실패하며 심원 패롯스의 연승 행진은 아쉽게 끝이 났다.

그렇지만 이철승 감독은 크게 실망한 기색이 아니었다.

원정 경기를 마치고 홈구장으로 돌아오는 버스 안에 앉아 있던 이철승 감독의 표정은 어둡지 않았다.

비록 연승 행진은 끝이 났지만, 지난 6경기에서 5승을 거둔 것에 나름대로 만족한 기색이었다.

또 우송 선더스와의 3연전 마지막 경기에서 아쉽게 패하기는 했지만, 무기력하게 물러나지 않고 마지막까지 찬스를 만들며 상대를 압박했던 경기 내용이 흡족한 듯 보였다.

그렇지만 태식은 달랐다.

'아쉬워!'

경기 패배가 무척 아쉬웠다.

해서 숙소로 돌아와 진즉에 불을 끄고 누웠음에도 쉽게 잠을 이루지 못하고 이리저리 뒤척이며 경기를 되짚었다.

'역전의 기회는 있었어!'

우송 선더스를 상대로 스윕을 거두며 심원 패롯스가 연승 행진을 이어나갈 기회는 분명히 있었다.

특히 9회 초, 심원 패롯스의 마지막 공격 상황은 무척이나 아쉽게 느껴졌다.

비록 2사 후이긴 했지만, 4번 타자 이명기가 11구까지 이어진 긴 승부 끝에 볼넷을 얻어내서 1루로 걸어 나갔고, 뒤이어 태식도 안타를 터뜨려서 2사 1, 3루의 절호의 찬스가 찾아왔었다.

그사이, 쾌조의 컨디션을 자랑하며 완투승을 노리던 서광현의 투구 수는 110개가 훌쩍 넘은 상황.

늘어난 투구 수를 감안하면, 강판될 가능성이 충분했다. 그리고 서광현을 마운드에서 끌어내리기만 하면, 동점 내지 역전도 가능할 것이라고 태식은 판단했다.

그런데.

우송 선더스의 감독인 장정훈의 선택은 태식의 예상을 빗나가게 만들었다.

태식에게 안타를 맞은 후 장정훈은 더그아웃을 박차고 나와서 마운드 위로 걸어 올라가긴 했다. 하지만 서광현을 강판시키는 대신에 끝까지 밀어붙였다.

'왜?'

장정훈 감독이 그런 과감한 선택을 내린 이유에 대해서 고민하던 태식은 잠시 뒤 한숨을 내쉬었다.

'내 탓이야!'

이명기와의 승부가 길어지면서 투구 수가 110개를 훌쩍 넘겼던 서광현이었지만, 구위는 크게 떨어지지 않았었다.

만약 서광현의 투구 수가 120개를 넘겼다면 상황이 또 달라졌으리라.

그때는 장정훈 감독도 더 버티지 못하고, 서광현을 마운드에서 내리는 선택을 내렸을 터였다.

그렇지만 당시 서광현의 투구 수는 115개였다. 그리고 태식은 서광현의 초구를 노려서 안타를 만들어냈다.

'서둘렀어!'

예전이었다면 오늘 경기에서 쾌조의 컨디션을 자랑하던 서광현을 상대로 안타를 뽑아내 찬스를 이어간 것만으로도 만족했으리라.

그러나 지금은 달랐다.

그간의 경험이 고스란히 쌓인 채로 신체 나이가 젊어지고 나자, 태식의 욕심은 자꾸 늘어났다.

'더 신중했어야 했어!'

초구부터 적극적으로 공략할 것이 아니라, 좀 더 신중하게 승부를 길게 끌고 나갔어야 했다는 후회가 들었다.

무조건 찬스를 이어나가야 한다는 생각에 급급했던 탓에, 완투승을 노리고 있던 서광현의 마음이 조급할 것이라는 계산까지는 미처 하지 못했다.

만약 더 신중하게 승부해서 투구 수를 더 늘렸다면, 서광현은 강판되었을 것이고, 경기의 향방은 달라졌을 것이란 후회가 남았다.

'멍청하긴!'

아쉬운 것은 그게 다가 아니었다.

9회 초 2사 1, 3루 상황에서 대타자로 타석에 들어섰던 김대희의 타격도 아쉽기는 마찬가지였다.

김대희 역시 초구부터 과감하게 배트를 휘둘렀다. 그리고 당시 타석에 들어섰던 김대희의 스윙은 컸다.

장타를 의식하고 있다는 것이 눈에 훤히 보일 정도로.

'조급해!'

태식은 김대희의 심리 상태를 충분히 짐작할 수 있었다.

FA 대박 계약을 체결한 후 맞이한 첫 시즌.

김대희는 의욕 넘치게 올 시즌을 시작했지만, 고질적인 손목 통증으로 인해 부진의 늪에 빠져 있었다.

그런 김대희를 바라보는 홈 팬들의 시선은 점점 싸늘하게 변했고, 홈 팬들에게서조차 먹튀라는 비난을 받고 있었다.

그로 인해 가뜩이나 초조하고 답답한 상황이었는데, 시즌

중에 트레이드를 통해서 태식이 팀에 합류했다.

물론 처음에는 태식을 포지션 라이벌로 여기지 않았을 터였다.

그동안 쌓아온 커리어의 차이가 현격했기 때문이었다.

그렇지만 태식이 팀에 합류한 후 맹활약을 펼치기 시작하자 상황이 변했다.

태식이 주전 3루수로 경기에 출전하는 빈도가 늘어나자, 김대희는 점점 더 초조해졌을 터였다.

그래서 한시바삐 부진을 털어내고, 홈 팬들과 이철승 감독에게 인상적인 모습을 보여주고 싶었을 것이고.

'결국 김대희가 살아나야 해!'

태식이 길게 한숨을 내쉬었다.

이것 역시 예전과는 달라진 점이었다.

만약 예전이었다면 김대희가 계속 부진의 늪에 빠져 허우적대기를 바랐을 것이었다.

그사이에 포지션 라이벌이라고 할 수 있는 김대희를 제치고 주전 3루수 자리를 확보하기 위해서였다.

그러나 지금은 생각이 많이 달라졌다.

태식은 김대희를 포지션 라이벌로 생각하지 않았다.

오히려 서로 윈윈할 방법을 찾고 있었다.

'상황이 또 달라졌어!'

이미 심원 패롯스를 자신의 마지막 팀이라고 여기고 있는 태식인 만큼 마경 스왈로우스 소속일 당시와는 많이 달랐다.

심원 패롯스가 반등에 성공해야만, 시즌 중에 팀에 합류한 자신과 용덕수의 입지도 탄탄해질 터였다.

또 심원 패롯스가 그간의 부진을 털어내고 반등에 성공하기 위해서는 김대희의 부활이 꼭 필요했다.

"후우!"

태식이 불 꺼진 방 안에 흘러나온 긴 한숨 소리를 듣고서 상념에서 깨어났다.

이미 불을 끈 지 한참 시간이 지났지만, 용덕수도 자신과 마찬가지로 계속 뒤척이며 잠을 이루지 못하고 있었다.

"덕수야, 너도 잠이 안 오냐?"

"네, 형!"

태식이 먼저 말을 걸자, 마치 기다렸다는 듯이 용덕수가 대답했다.

기회를 놓치지 않고 스프링처럼 벌떡 일어난 용덕수가 얼른 불을 다시 켰다.

"초롱초롱한 제 눈 보이시죠? 잠이 전혀 안 옵니다."

"그래? 너도 지난 경기의 패배가 너무 아쉬워서 계속 곱씹고 있었나 보구나."

"……?"

"아냐?"

"아닌데요."

"그런데 왜 잠이 안 와?"

1군 무대에 진입해서 첫 홈런이자 끝내기 홈런을 터뜨렸던 날도 용덕수는 치맥을 간단히 즐기고 나서 금세 잠이 들었다.

잠을 푹 자는 것도 프로 선수에게는 무척 중요한 훈련과 휴식의 일환이라는 태식의 충고를 새겨들었기 때문이리라.

그런데 오늘 용덕수는 쉽게 잠을 이루지 못하고 계속 뒤척이고 있었다.

그 이유에 대해 떠올리던 태식이 실소를 머금은 채 물었다.

"갑자기 월드 스타가 되고 나니까 너무 기쁘고 설레어서 잠이 안 와?"

"그건 아니지만… 이제 실감이 조금 나긴 합니다."

용덕수가 머리를 긁적이며 대답했다.

"그래?"

"머리털 나고 처음으로 팬들에게 사인도 해줬습니다. 형도 아시겠지만, 단독 인터뷰도 했고요."

"축하한다."

"에이, 자꾸 그렇게 놀리지 마시라니까요. 저는 여전히 이게 축하받을 일인지 잘 모르겠으니까요. 그리고 제가 잠을 못 이루는 이유는 따로 있습니다."

"응? 또 무슨 일 있어?"

"지수 씨가 오잖습니까?"

"지수?"

태식이 고개를 갸웃한 순간, 용덕수가 가뜩이나 큰 눈을 더 크게 뜨며 물었다.

"설마… 지수 씨를 모르세요?"

"지수가 누군데? 내가 알아야 해?"

지수라는 이름을 가진 여자는 전혀 알지 못했다.

그래서 태식이 의아한 표정으로 되묻자, 용덕수가 한심하다는 듯 혀를 끌끌 찼다.

"형도 참 대단하시네요."

『저니맨 김태식』 3권에 계속…

이제부터 전자책은

이젠북

www.ezenbook.co.kr

새로운 세계가 열린다!

김재한 『성운을 먹는 자』　철백 『대무사』
니콜로 『마왕의 게임』　가프 『궁극의 쉐프』
이경영 『그라니트:용들의 땅』　문용신 『절대호위』
탁목조 『일곱 번째 달의 무르무르』　천지무천 『변혁 1990』
강성곤 『메이저리거』　SOKIN 『코더 이용호』

이름만 들어도 황홀할 정도의 별들의 향연!
이들의 "유료연재"가 시작됩니다!

검색창에 **이젠북**을 쳐보세요! ▼

초대형 24시 만화방

신간 100%, 샤워실, 흡연실, 수면실(침대석), 커플석, 세탁기 완비

▪ 시흥 정왕25시점 ▪

경기 시흥시 정왕동 1742-13 미스터피자 건물 5층
031) 319-5629

▪ 강북 노원역점 ▪

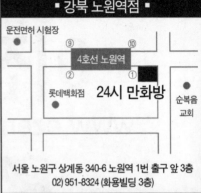

서울 노원구 상계동 340-6 노원역 1번 출구 앞 3층
02) 951-8324 (화용빌딩 3층)

▪ 일산 정발산역점 ▪

라페스타 E동 건너편 먹자골목 내 객잔건물 5층
031) 914-1957

▪ 일산 화정역점 ▪

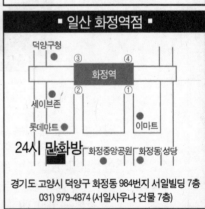

경기도 고양시 덕양구 화정동 984번지 서일빌딩 7층
031) 979-4874 (서일사우나 건물 7층)

▪ 부천 역곡역점 ▪

역곡남부역 기업은행 건물 3층
032) 665-5525

▪ 부평역점 ▪

(구) 진선미 예식장 뒤 한신포차 건물 10층
032) 522-2871